BIRGIT LAUTENBACH & JOHANN EBEND

Engelstrompeten

Buch

Die entspannte Sommerstimmung auf der idyllischen Ostseeinsel Hiddensee verdüstert sich schlagartig, als Spaziergänger am Fuß des steil zum Meer hin abfallenden Swanti die von Vögeln grausam zugerichtete Leiche der alten Wanda Sieveking finden. Ein tragisches Ende für eine Frau, die den Hiddenseern fast ein halbes Jahrhundert lang als Heilerin in allen Lebenslagen zur Seite stand. Als Polizeiobermeister Daniel Pieplow und sein Vorgesetzter Lothar Kästner – Polizeihauptmeister und Leiter der Zwei-Mann-Dienststelle Hiddensee – an dem schwer zugänglichen Fundort eintreffen, bleibt ihnen gerade noch genug Zeit, um die Leiche zu bergen, bevor ein gewaltiges Sommergewitter alle Spuren verwischt. Aus den wenigen Indizien, die nach dem Gewitterschauer zusammengetragen werden, lässt nichts auf eine gewaltsame Todesursache schließen, niemand will etwas Ungewöhnliches beobachtet haben – und so scheint es, als seien die Ermittlungen im Todesfall Wanda Sieveking abgeschlossen, bevor sie richtig begonnen haben. Doch Pieplow zweifelt: Die Unfall-Theorie ist für ihn nicht schlüssig, und etwas in ihm weigert sich, diese gar zu einfache Erklärung zu akzeptieren. Noch während Pieplow unterwegs ist, um von den in der Regel eher schweigsamen Inselbewohnern mehr über Wanda selbst und über die letzte Nacht ihres Lebens herauszufinden, klingelt wieder das Telefon auf der kleinen Polizeiwache Hiddensees: Erneut sind Spaziergänger auf eine Leiche gestoßen ...

Autoren

Birgit Lautenbach wurde 1948 in Hamburg geboren, Johann Ebend 1958 in Hüffenhardt, Baden. Das Fachwerkhaus, in dem das Autorenpaar seit fast dreißig Jahren mit Kindern, Hunden und Katzen lebt, steht zwischen Braunschweig und Wolfenbüttel. Wann immer es ihnen möglich ist, reisen sie in ihre Seelenlandschaft zwischen Bodden und Meer und nach Hiddensee.

Der erste Kriminalroman von Birgit Lautenbach und Johann Ebend, »Das Kind der Jungfrau«, wurde 2005 für den renommierten Glauser-Krimipreis in der Sparte Debüt nominiert. »Engelstrompeten« ist der zweite Hiddensee-Krimi um Polizeiobermeister Pieplow, der bei Goldmann erscheint.

Von Birgit Lautenbach und Johann Ebend sind im Goldmann Verlag außerdem lieferbar:

Totenseelen. Ein Hiddensee-Krimi (46855)

Birgit Lautenbach
& Johann Ebend

Engels-
trompeten

Ein Hiddensee-Krimi

GOLDMANN

FSC
Mix
Produktgruppe aus vorbildlich bewirtschafteten Wäldern und anderen kontrollierten Herkünften
Zert.-Nr. SGS-COC-1940
www.fsc.org
© 1996 Forest Stewardship Council

Verlagsgruppe Random House FSC-DEU-0100
Das FSC-zertifizierte Papier *Holmen Book Cream* für dieses Buch liefert Holmen Paper, Hallstavik, Schweden.

1. Auflage
Originalausgabe März 2010

Umschlaggestaltung: UNO Werbeagentur, München
Umschlagmotiv: © Sabine Lubenow/getty images;
© Jumpstart Studios/getty images
Th · Herstellung: Str.
Satz: Jouve Germany GmbH & Co KG, Kriftel
Druck und Bindung: GGP Media GmbH, Pößneck
Made in Germany
ISBN 978-3-442-46900-0
www. goldmann-verlag. de

Ahnung eines Übels quält oft mehr als Überzeugung.

William Shakespeare

Engelstrompeten

Wenn überhaupt jemand hätte vorhersehen können, dass sie in dieser hellen Augustnacht sterben würde, dann Wanda Sieveking selbst. Und vielleicht hätte sie es sogar zu verhindern gewusst.

Aber sie zog wie immer, wenn sie zu ihrer geheiligten Stunde am Swanti aufbrach, behutsam das Gartentor ins Schloss, das trotzdem leise in den Angeln knarrte. Sie sah in ihren Garten zurück, zuerst auf die mannshohen Königskerzen und dann auf die Rosenstöcke rechts und links der Haustür. Das gelbliche Licht der Hoflampe verlieh ihnen einen dunklen, fast kupferfarbenen Ton, der erst in der Morgendämmerung nach und nach wieder heller werden würde, bis die Blüten schließlich wie jeden Tag des Sommers granatrot vor der weißen Hauswand leuchteten. Seit Tagen nahm sie sich vor, die wuchernde Pracht zu stutzen. Wenigstens über der Tür, damit nicht jeder, der ins Haus ging oder herauskam, Gefahr lief, sich das Gesicht zu zerkratzen.

Morgen früh, dachte sie, wenn die Blüten frisch sind, weil sie in der feuchten Nachtluft Kraft geschöpft haben, werde ich wenigstens den Türstock freischneiden.

Wie zur Bestätigung ihres Entschlusses schlug sie leicht mit der flachen Hand auf den Eisenrahmen des Gartentores, dann machte sich Wanda auf den Weg Richtung Wald.

Im hohen Gras war der sandige Pfad kaum sichtbar, auf dem sie bedächtig einen Fuß vor den anderen setzte, um die schmale Spur nicht unnötig breit zu treten. Wie feiner Staub stiegen Pollenwolken auf, als sie ihre gespreizten Hände durchs hohe Gras zog. Sie genoss die Berührung der Ähren an ihren Fingerspitzen und den Duft von wilder Kamille.

Erst im Wald wurden ihre Schritte ausholender, fester, und sie spürte, wie der Weg unter ihren Füßen federte. Trotz ihrer zweiundsiebzig Jahre wirkte sie alles andere als alt. Mit ihrer großen, kräftigen Statur stand sie in jeder Hinsicht mit beiden Beinen fest auf dem Boden. Die Menschen, die ihr in fünfundvierzig Berufsjahren anvertraut gewesen waren, hatten das zupackend Verlässliche an Schwester Wanda zu schätzen gewusst. Ganz besonders aber ihr Gespür dafür, dass Zuspruch und eine tröstende Hand wichtiger sein konnten als alles andere.

Wanda wusste, wie sich die Kräfte des Lebens anfühlten. Und sie glaubte, den Tod zu kennen.

Die Energie, die er vorausschickte. Die sich ausbreitete wie Nebel über dem Meer und einhüllte, was er in seine Welt mitzunehmen beschlossen hatte.

Aber jetzt und hier, zwischen den grauen Säulen der Buchenstämme, schwieg der Tod. Gab kein Zeichen, kündigte sich nicht an. Überließ Wanda der Stille, die sie so liebte, und der Weite des Himmels über den Baumwipfeln, in der alles Schwere, Enge sich auflösen konnte.

Vom fahlen Mondschein überflossen lag der Dornbusch vor ihr, als sie am *Klausner* den Wald hinter sich ließ. In der bleichen Helligkeit fand sie mühelos ihren Weg. Unter dem monotonen Lichttakt des Leuchtturms hindurch, über den Honiggrund den letzten steilen Anstieg zum Swanti hinauf, bis sie hoch über dem Meer wie am Rand der Ewigkeit stand.

Im Schimmer des Mondlichts ließ sich ein Schiff als dunkler Schemen vorm Horizont ausmachen.

In der Tiefe dümpelte die See wie träge schwappendes Quecksilber zwischen den Buckeln der Findlinge. Dunkles Wasser spülte eine schmutzig weiße Schaumlinie ans Ufer und leckte einen feuchten Streifen in den Sand am Fuße des Kliffs, bevor es fast geräuschlos zurückglitt.

Hoch oben verglühte eine Sternschnuppe über allem wie ein sacht verklingender Ton.

Nirgendwo sonst ließ sich besser Abschied von den Geistern des Tages nehmen. Von dem, was sie gebracht hatten und jetzt wieder mit sich nahmen in die dunkle Höhle der Nacht.

Es gab keinen anderen Ort, an dem Wanda sich so durchströmt fühlte von der unendlichen Energie, die alle Welten miteinander verbindet, alles durchdringt und beseelt. Die nur spüren und schöpfen kann, wer sich ihr ganz überlässt.

Unter ihren nackten Füßen im Gras glaubte sie den Herzschlag der Erde zu spüren. Sie hob die Arme und bewegte sich in seinem Rhythmus langsam im Kreis, bis sie mehr erstaunt als erschrocken innehielt. Einen Wimpernschlag später wusste sie, was geschehen würde.

Ausgerechnet hier, dachte sie.

1

Um Viertel vor sechs schloss Polizeiobermeister Daniel Pieplow den letzten Uniformknopf.

Zehn Minuten, hatte Kästner gesagt.

Genug Zeit, um kalt zu duschen, während der Kaffee durchlief. Es kam nur selten vor, dass seine Junggesellenmarotten ihren Nutzen bewiesen. Das zum Aufguss vorbereitete Arrangement von Becher, Filter und Kaffeepulver zum Beispiel. Oder die am Abend bereitgelegte Kleidung. Boxershorts, Socken, im Winter ein T-Shirt, Uniformhose und Hemd. Was wie preußische Pingeligkeit wirkte, war nichts anderes als eine seit fast zwei Jahrzehnten bewährte Methode, trotz chronischer Morgentranigkeit vorschriftsmäßig zum Dienst zu erscheinen.

Zwei verschiedene Schuhe, Strümpfe, die nicht zueinander passten, offene Reißverschlüsse oder Pullover mit dem Etikett außen unter dem Kinn – es gab eigentlich keine Variante, die der Schüler Daniel Pieplow ausgelassen hatte. Erst der Drill in drei Jahren Polizeiausbildung hatte ihm diesen Schlendrian austreiben können.

Lothar Kästner, Polizeihauptmeister und Leiter der Hiddenseer Zwei-Mann-Dienststelle hatte Nachtbereitschaft und deswegen den Streifenwagen vor seiner Haustür in Neuendorf stehen. Genau acht Minuten brauchte er für die Strecke nach Kloster.

»Hast wieder einen Zahn zugelegt, oder?«, fragte Pieplow, als er ins Auto stieg. Kästner trat gern mal aufs Gas. Bevorzugt zwischen Dünenheide und Vitter Außendeich.

»Versteht sich von selbst«, gab Kästner unbekümmert zu. »Schließlich sind wir im Einsatz.«

»Ganz ohne Sondersignale?«, stichelte Pieplow. »Blaulicht und Martinshorn als Krönung des Polizeialltags?« Zufrieden stellte er fest, dass der Kaffee seine Wirkung tat. Nur hellwach und gut gelaunt gelang es Pieplow, den Spieß umzudrehen. Gewöhnlich war er derjenige, der sich von Kästner triezen lassen musste.

»Schön wär's, aber dem Anlass wohl nicht angemessen«, bedauerte Kästner. Er umkurvte die Gutshofruine und klang tatsächlich dienstlich.

»Täter?«, fragte Pieplow knapp.

»Verduftet.« Kästner machte eine flüchtige Handbewegung. »Längst über alle Berge, als Alfred den Schaden entdeckt hat.«

Pieplow schmunzelte. Hexen-, Baken-, Swanti-, Raben- oder Rübenberg. Genau fünf in Frage kommende Erhebungen rund um das Waldgasthaus *Zum Klausner*. Der höchste gut siebzig Meter. Auch für weniger sportliche Straftäter genug geeignete Routen, um über alle Berge zu verduften.

»Und was, bitteschön, gibt's da zu grinsen?« Kästner wurde schnell ruppig, wenn er glaubte, belächelt zu werden.

»Nichts. Gar nichts«, versicherte Pieplow. »Wir sehen uns die Sache einfach mal an.« In der Zufahrt zum Gasthaus stellten sie den Streifenwagen ab und gingen die letzten Meter zu Fuß. Sie wurden schon ungeduldig erwartet.

»Na endlich«, knurrte Alfred Hartung. Er trat beiseite, um den Blick auf den Tatort freizugeben.

»Deswegen holst du uns vor Tau und Tag hier raus?« Kästners Ton schwankte zwischen Verärgerung und Heiterkeit.

»Wann denn sonst? Oder glaubst du, das kann so bleiben?«

»Warum nicht? Ist mal was anderes.« Jetzt feixte Kästner ganz unverhohlen. Sein Verständnis für alles Moderne hielt sich in Grenzen. Und wenn Kunst ihm so viel Phantasie abverlangte wie der klobige, zerfurchte Holzkopf auf dem Sockel vor ihm, dann fand er einen Abfluss-Pümpel auf dessen Stirn ganz ungeniert witzig. Für Kästner sah eine Straftat anders aus. Er grinste amüsiert, als Hartung wütend auf dem Gegenteil bestand.

»Hör auf zu lachen, Mann! Das ist nicht lustig, das ist kriminell! Und für so was seid ihr zuständig.« Der Zeigefinger des Klausner-Wirts ließ keinen Zweifel, wen er meinte.

Kästners Kopf neigte sich abwägend von rechts nach links. »Grober Unfug kommt wohl eher hin«, versuchte er abzuwiegeln. »Ist ja nichts kaputtgegangen.«

»Ich fass es nicht!« Alfred stemmte empört die Arme in die Seiten. »Also gut. Hiermit erstatte ich ganz offiziell Anzeige. Wegen Einbruch und Kunstfrevel. Wenn ihr jetzt so freundlich sein würdet, die Straftaten zu dokumentieren – ich will das wegräumen, bevor die Gäste aufstehen.«

»Dann dokumentier mal«, ordnete Kästner an. Mit hochgezogenen Brauen und himmelwärts rollenden Augen sprach sein Gesicht Bände, als er sich zu Pieplow umwandte.

Seit drei Jahren standen die Skulpturen als Ergebnis eines Sommerworkshops junger europäischer Künstler auf der Rasenfläche vor der Waldschänke. Keines der Werke war verschont geblieben.

Pieplow hielt den an einem Männerkopf zweckentfremdeten Büstenhalter ebenso im Beweisfoto fest wie Feudel und Schrubber als Accessoires einer Frauenbüste. Die vermeintlichen Einbruchsspuren am unverschlossenen Schuppen, aus dem der Montageschaum für die Schillerlocken an der düsteren finnisch-ungarischen Co-Produktion stammte. Die Clownsnase am Werk eines jungen kasachischen Künstlers, bei der es sich zweifelsfrei um einen zerschnittenen kreischroten Flummi handelte. Kästner, der nun doch amtlich geworden war, stellte ihn ebenso sicher wie zwei leere Farbspraydosen. Rot und Blau. Verarbeitet zu einer Art Holzfällerhemd auf den Schultern eines Neptun.

Pieplow notierte den möglichen Tatzeitraum. Zwischen kurz nach Mitternacht und halb sechs am Morgen.

Eher kam ein Wirt in der Hochsaison nicht ins Bett, und wer Pensionsgäste hatte, musste ab sieben das Frühstück servieren.

»Wir kümmern uns darum«, sagte Kästner beschwichtigend und wedelte mit den Beweismitteltüten.

»Das will ich hoffen.« Es klang unfreundlicher, als es gemeint war. Auch dass Kaffee und Wurstbrote ausfielen, mit denen der Klausner-Wirt meist spendabel war, hatte wohl nichts zu bedeuten. Wenigstens die ärgsten Spuren des Vandalismus sollten bis zum Frühstück getilgt sein. Keine Zeit also, die Inselpolizei wie sonst zu beköstigen.

Kästner ließ den Wagen langsam vom Hochland hinab Richtung Kloster rollen. Über flachshelle Hügel und grüne Senken schweiften ihre Blicke auf den Bodden hinaus. Glitzerndes, silbergraues Wasser, aus dem weit hinten im Süden über dem Sund die Türme von Stralsund aufragten.

»Einmalig«, brummte Kästner. Er hatte den Fuß vom Gas genommen. »Einmalig. So was gibt's nicht noch mal auf der Welt.«

»Mh«, machte Pieplow. Was sollte er dazu sagen? Sie waren beide zwischen Bodden und Meer aufgewachsen und hatten bisher nicht viel von der Welt gesehen. Kästner war Hiddenseer und, soweit Pieplow wusste, über Italien nie hinausgekommen. Er selbst stammte vom Darß und hatte es vor Jahren mal bis nach Portugal geschafft. Auch keine Weltreise. Ebenso wenig wie die paar Tage Paris, an die er sich erinnerte. Ihr Urteil konnten sie also nicht mit Vergleichen begründen. Aber wenn das Gefühl etwas galt, das sich einstellte angesichts dieser schimmernden Weite, dann mochte Kästner wohl Recht haben.

Allmählich gewann der Wagen wieder an Tempo. Schweigend erreichten sie Kloster. Hielten an, um den obligatorischen Frühstückskuchen zu kaufen, und waren kurz vor acht auf ihrer Ein-Raum-Wache im Vitter Rathaus. Erdgeschoss rechts, direkt gegenüber der Kurverwaltung.

»Dann werden wir uns die üblichen Verdächtigen mal vornehmen.« Kästner widmete sich seiner zweiten Kirschschnecke und sprach mit vollem Mund mehr zu sich selbst als zu Pieplow. »Schätze, es waren mehrere. Einer steht Schmiere, die anderen widmen sich der Kunst. Mal sehn, wer da in Frage kommt.«

Favorit seiner imaginären Liste der üblichen Verdächtigen war Enno Quidde. Groß, blond, stark. Von morgens bis abends sich selbst überlassen. Die Mutter Köchin und in der Hochsaison kaum zu Hause. Der Vater Gerüstbauer und meist auf Montage. Geld war genug da. Zum Beispiel für drei zerschossene Laternenkuppeln am Wiesenweg und womöglich sogar für eine neue Zwille, nachdem die erste in Polizeigewahrsam verschwunden war.

»Den greife ich mir«, entschied Kästner. »Du kannst dir Wiesel zur Brust nehmen.« Sven Wiesel, drahtig, quirlig, ebenso trotzig wie mutig und immer mit dabei, wenn es etwas auszufressen galt. Stinkbomben im Schulbus. Chinaböller in Briefkästen. Oder Graffiti am frisch gestrichenen Feuerwehrhaus. Meist war Harri mit von der Partie. Harald Graber, auf dessen Konto der Wodka ging, mit dem Pieplow die Jungs spätabends an der Hucke erwischt hatte. Ein nachgiebiger Junge. Einer, der es am liebsten allen recht gemacht hätte und weiß Gott nicht der Erste war, dem das nicht gelang. Und der Einzige, der etwas wie Reue gezeigt hatte. An allen anderen war Pieplows Gardinenpredigt vorbeigerauscht. Sie hatten sich gekugelt vor Lachen über den Schwarm sturztrunken schlingernder Möwen, die wohl nur mit dem Leben davonkamen, weil sie keinen zielgenauen Anflug mehr zustande brachten, um die restlichen in Wodka getränkten Weißbrotbrocken zu erwischen.

»Man fragt sich, was aus diesen Bengeln mal werden soll.« Kästner machte ein besorgtes Gesicht.

»Wie wär's mit Polizist?«, schlug Pieplow vor. »Wie du und ich. Oder bist du etwa ein Musterknabe gewesen?«

»Blödsinn. Aber mir hat man nicht alles durchgehen lassen. Was denen fehlt, ist eine feste Hand. Jemand, der sie …«

Pieplow wusste, was jetzt kam. Das Kästnersche Erziehungsmodell, in dem Kandaren, Leviten und zum richtigen Zeitpunkt versohlte Hintern tragende Säulen waren. Imposante Theorien von einem, der nicht mal merkte, wenn ihn seine Töchter um den Finger wickelten. Gegen keine der beiden hatte er jemals seine Hand erhoben, dafür war Kästners Frau verlässliche Bürgin.

»Hörst du mir überhaupt zu?« Kästner war dabei, von der Theorie auf die Praxis zu kommen, und wartete eine Antwort nicht ab. »Es ist jetzt Viertel nach acht. Schätze, die Schmierfinken schlafen noch. Sollte mich wundern, wenn sie sich heute Nacht noch die Finger gewaschen haben. Wir sollten sie uns vorknöpfen, bevor sie dazu Gelegenheit haben. Du übernimmst die Jungs in Kloster. Ob Harri oder Wiesel zuerst, musst du selbst wissen. Ich mach mich auf die Socken und statte dem lieben Enno einen Besuch ab. Heut' Mittag wissen wir, wer die Kunstbanausen sind, das garantier ich dir!« Außer dem Autoschlüssel ließ er seinem Polizeiobermeister noch ein paar Ratschläge zur Vorgehensweise zukommen. Streifenwagen direkt vor die Tür. Konnte ruhig jeder sehen, dass die Polizei ins Haus kam. Keine Samthandschuhe, nicht lange fackeln, damit sie merkten, dass endgültig Schluss war mit lustig.

Nach fast fünfzehn Jahren Zusammenarbeit hatte Pieplow sich daran gewöhnt, dass sein Dienststellenleiter ihm immer noch erklären wollte, wie effektive Polizeiarbeit aussah.

Er nahm es gelassen. Jeder arbeitete auf seine Weise. Sollte Kästner die Jungs ruhig ins Bockshorn jagen. Er selbst verstand sich eher aufs Fragen und Zuhören. Genau das gedachte er auch in diesem Fall zu tun. Und bei Harri würde er damit anfangen.

Der Streifenwagen bog auf den Mühlberg ein, als das Telefon klingelte.

»Komm sofort zurück! Wir haben einen Leichenfund!«

Nicht schon wieder, schoss es Pieplow durch den Kopf. »Wo?«, fragte er knapp. Kleine Steine spritzten auf und klackten gegen das Bodenblech, so heftig bremste er, um den Wagen zu wenden.

»Das ist ja die Scheiße!«, brüllte Kästner durchs Telefon. »Am Wasser! Direkt unterm Swanti!«

Verständlich, dass er überfordert klang. Nirgendwo sonst war das Inselufer so unwegsam wie dort draußen, wo der Swanti sechzig Meter hoch aus dem Meer aufragte. Eine senkrechte sandgelbe Wand über einem schmalen Geröllstrand. Kilometerweit entfernt von jedem Zufahrtsweg. Mit dem Auto kämen sie im Süden bis zur langen Ufertreppe am *Klausner* oder über Grieben zum Enddorn im Norden. Von wo sie sich zum Fundort vorkämpften, machte kaum einen Unterschied. Der Weg zu Fuß am Wasser entlang, über Geröll und an zigtausend Tonnen Küstenabbruch vorbei, würde zu viel Zeit kosten. Und ein Hubschrauber nutzte ihnen ebenso wenig wie die fahrbaren Wege ins Hochland, wo es zwar Fläche genug zum Landen oder Parken gab, aber eben nicht die geringste Chance, von dort zur Unglücksstelle hinabzusteigen.

Blieb nur der Weg übers Wasser. Das schien auch Kästner erkannt zu haben.

»Komm sofort zum Hafen! Walter ist schon unterwegs, und der Doktor müsste auch jeden Moment da sein.«

Kästner konnte nur Walter Hübner meinen, Seenotretter und Kapitän der *Nausikaa,* die stets einsatzbereit vor dem Rettungsschuppen im Vitter Hafen vertäut lag.

Das Dröhnen der starken Maschine klang beruhigend nach Kraft und Geschwindigkeit, als der Seenotrettungskreuzer den Hafen verließ. An Bord wurde nicht viel gesprochen. Zwischen Hübner und seinem Steuermann fiel sowieso nie ein überflüssiges Wort. Dr. Mathing, eben noch in der Vormittagssprechstunde mit Sommergrippe und Sonnenallergie beschäftigt, schien sich schweigend auf die Leichenschau einzustellen. Sogar Kästner war wortkarg. Das Wenige, das es zu berichten gab, hatte er an die Männer weitergegeben. Jetzt stand er an der Reling, das Fernglas noch ungenutzt um den Hals, und richtete den Blick aus zusammengekniffenen Augen auf die Fahrrinne zwischen den Sandbänken vor dem Bessin. Wo die Bugwelle der *Nausikaa* auslief, sah Pieplow Schwäne dümpeln. Ein Stück entfernt hockten Kormorane schwarz auf knochenweißem Strandholz. Zu satt und zu träge, als dass Bootslärm sie aufscheuchen könnte. Schon gar nicht an einem Tag wie diesem. Windstill und heiß, wie ausgeblichen von unzähligen Sonnenstunden. Das Wasser blaugrün und glatt bis zum staubgrauen Horizont. Normalerweise hätte Pieplow die dunkle wattige Linie genauer betrachtet. Sich zu erinnern versucht, was er über das Wetter der nächsten Stunden gehört oder gelesen hatte. Heute jedoch sah er sie, ohne sie wirklich wahrzunehmen. Er war voll und ganz damit beschäftigt, sich auf das vorzubereiten, was ihn dort vorne erwartete.

Von zwei Frauen war die Rede gewesen. Die eine tot, die andere kurz vorm Überschnappen. Das war zumindest Kästners Interpretation. Warum sonst sollte sich jemand nicht von einer Leiche wegholen lassen?

Ein Paar hatte die beiden entdeckt. Zum Glück hatte der Mann sein Handy dabeigehabt. Zum Glück – das sagte ausgerechnet Kästner, für den nur Spinner und Angeber am Strand telefonierten. Pieplow stellte sich vor, wie die beiden morgens aufgebrochen waren. Mit unbeschwerter Vorfreude auf die Klüfte und Buchten der Steilküste, auf einen schönen Sommertag am Meer. Und nun warteten sie seit fast einer Stunde, dass ihnen jemand das Unerträgliche abnahm, das ihnen stattdessen begegnet war.

Pieplows Schultern spannten sich wie in Erwartung dieser Last, als Kästner verkündete: »Ich seh' sie! Genau unten am Swanti.« Er reichte das Fernglas, mit dem er das Ufer abgesucht hatte, an Pieplow weiter. »Von wegen vier Personen. Guck dir an, was da los ist.«

Mindestens ein Dutzend Menschen mussten es sein, deren Wanderung hier ein ungeplantes Ende gefunden hatte. Zwischen ihnen ein Stück freie Fläche. Eine Schneise, die niemand betreten wollte. In deren Mitte etwas, das aussah wie Strandgut. Steine. Stofffetzen. Auf Knien daneben eine Frau, fast nackt, ein langes Stück Treibholz wie eine Waffe in den Händen. Als ihm klar wurde, was es mit Stoff und Steinen auf sich haben musste, hielt Pieplow für einen Moment die Luft an.

Dass sie dort, wo das Wasser für den Rettungskreuzer zu flach wurde, in das Beiboot umsteigen mussten, lenkte ihn für eine kurze Weile noch einmal ab. Verschaffte ihm ein paar Minuten Frist, bevor auf ihn zukam, was er sich am allerwenigsten wünschte. Er wollte nicht schon wieder hineingezogen werden in fremde Leben, in die Geflechte aus Wahrheit und Lüge und Angst. Aber genau das würde geschehen. Er spürte es wie einen Sog.

Der Arzt stieg als Erster aus dem Boot. Den Notfallkoffer in sicherer Höhe über dem Wasser, lief er die letzten Meter zum Strand. Je näher er der Frau kam, umso ruhiger wurden seine Bewegungen. Langsam, als sei Vorsicht geboten, ging er neben ihr in die Hocke, legte ihr behutsam eine Hand auf den Arm und fragte nach ihrem Namen. An ihrer versteinerten Haltung änderte das nichts, auch nicht an dem leeren Blick, mit dem sie erst den Arzt und dann die Polizisten anstarrte. Nur noch ein Flüstern brachte sie zustande: »Ich konnte sie nicht einfach so liegen lassen.« Sie keuchte, als sie sich aufrappelte. Aber sie kam auf die Beine, schaffte sogar ein paar unsichere Schritte auf Pieplow zu. Ihr Mund war trocken und ihre Lippen rissig. »Jemand muss sich um sie kümmern, verstehen Sie?«, sagte sie noch, dann sackte sie lautlos in sich zusammen. Im Fallen schlug ihr rechter Arm auf den flachen Hügel aus Sand und Steinen, zwischen denen der Körper sichtbar wurde, den sie so lange bewacht hatte. Eine Hand. Ein Arm, gipsweiß, blutverkrustet. Unten, zum Wasser hin, leicht seitlich geneigt, ragten die Füße einer Frau aus dem Sand.

Über Scham und Bauch lag, mit Steinen beschwert, ein Rucksack. Am oberen Ende, kaum zwei Schritte von der Steilwand entfernt, hob Kästner ein T-Shirt an und ließ es gleich wieder fallen. Wie unter einem jähen Fluchtimpuls jagte sein Blick hin und her. Dann senkte er den Kopf, hob ihn wieder und sah an der Kliffkante vorbei hoch in den Himmel.

»Was ist? Kennen wir sie?« Pieplow ahnte, was kam.

Kästner nickte. »Ich glaub' schon.«

»Soll das heißen, du bist dir nicht sicher?«

»Kann man wohl nicht sein«, sagte Kästner nur. Er zog den hellblauen Stoff weit genug herab, dass Pieplow sah, was er meinte.

Ein Gesicht, so zerstört, dass Kästner, der Wanda nur selten gesehen hatte, sich in der Tat nicht sicher sein konnte. Wanda Sieveking, um es amtlich zu sagen, wohnhaft in Kloster zwischen Hochlandweg und Lietzenburg. Etwa siebzig, vielleicht etwas älter. Heilerin, sagten die einen. Mit Händen, die Wunder vollbrachten. Das Spökenkiekerweib schimpften sie andere. Besser, man hat nichts mit ihr zu tun. »Wer meine Hilfe braucht, wird es wissen«, pflegte Wanda dazu nur zu sagen.

Bei dem Gedanken, dass sie sich am Ende nicht einmal selbst hatte helfen können, hob Pieplow den Kopf.

Ausgerechnet an ihrem heiligen Berg, dachte er. Ausgerechnet am Swanti. Wo waren sie gewesen, die Ahnen und Engel und Geister? Von wegen Kontakt und Einssein und was sonst noch alles. Keinen Finger haben sie krumm gemacht, als es darauf ankam.

Sein Blick wanderte über die Furchen der Bergflanke, als gäbe es dort eine Erklärung für das Unfassbare. Mit zusammengekniffenen Augen suchte er die Steilwand ab. Senkrechte Kanten bis hoch unter die fransige Grasschicht. Keiner der sandigen Vorsprünge breit genug, um einen Sturz aufzuhalten. Hoch oben ein paar Strauchwurzeln. Nicht stark und nicht lang genug, um sich im Fallen daran zu klammern.

2

Auch die Kripo kam übers Wasser. In kleiner Besetzung, aber ganz professionell mit einem Boot der Wasserschutzpolizei. Zwei Männer vom Erkennungsdienst mit Koffern und Kameras.

Schöbel, Hauptkommissar. Rothaarig, groß, mit einer melancholischen Ruhe in allem, was er tat.

In seinem Schlepptau Oberkommissar Böhm, braungebrannt, dynamisch, die unvermeidliche Sonnenbrille auf der Nase.

Den ernsten Blick auf die Tote gerichtet, hörte Schöbel mit ausdruckslosem Gesicht zu, während Kästner Bericht erstattete.

Wann sie was vorgefunden hatten. Die Zeugen ärztlich versorgt. Spurenlage. Sicherungsmaßnahmen. Am Fundort so wenig wie möglich verändert. Ihn abgesperrt, so gut es ging. Helfer aus den Zuschauern rekrutiert. Einen Finanzbeamten, einen Taxifahrer. Sie südlich und nördlich des Fundorts postiert. Man musste sich schließlich irgendwie behelfen, und bislang hatte noch kein Gaffer gewagt, sich an denen vorbeizudrängeln.

»Weiter oben« – Kästner wies Richtung Enddorn – »und am *Klausner* sind die beiden einzigen Strandzugänge inzwischen gesperrt. Genau wie alle Wege ins Hochland.« Alle Blicke folgten Kästners Armbewegung nach oben zur Kliffkante. Zu sehen war nichts. Aber darauf, dass an den Jungs von Feuerwehr und Seenotrettung niemand vorbeikam, war Verlass.

»Gut«, sagte Schöbel und nickte anerkennend. »Und was ist mit den Zeugen?«

»Mit dem Rettungskreuzer zurück nach Vitte gebracht, nachdem wir die Personalien notiert haben.« Kästner klopfte mit der flachen Hand auf die Hemdtasche, in der sein Notizbuch steckte. »Viel sagen konnten sie nicht. Der Mann nur, dass er uns angerufen, aber sonst nichts unternommen hat. Bloß versucht, sich um die Frau zu kümmern, was aber schwierig gewesen sein soll.«

Schöbels hochgezogene Augenbrauen zeigten an, dass er nähere Erklärungen wünschte.

»Na ja«, sagte Kästner gedehnt. »Sie war – wie soll ich sagen – ziemlich durcheinander. Wollte erst niemanden an sich 'ranlassen, nicht mal den Arzt. Wenn ich alles richtig verstanden habe, ist das da ihr Werk.« Weil er merkte, wie missverständlich das klang, schob er nach: »Nicht die Tote. Die will sie am Wasser liegend vorgefunden und da hochgeschleppt haben.«

»Und weswegen die Steine?«, hakte Schöbel nach.

Der Ekel in Kästners Stimme war nicht zu überhören. »Sie sagt, als Schutz gegen die Vögel. Genau wie der Knüppel, den sie in der Hand hielt. Angeblich hat sich ein Möwenschwarm über die Tote hergemacht.«

Schöbel starrte ihn für einige Sekunden schweigend an und wandte sich dann an die Männer des Erkennungsdienstes: »Ihr könnt«, sagte er knapp.

Pieplow stand abseits und folgte schweigend Wanda Sievekings trauriger Verwandlung. Wie aus der rätselhaften, heiteren Frau die Leichensache Sieveking wurde. Ein Fall, ein Vorgang. Eine Akte mit Berichten, Protokollen, Laborergebnissen. Nichts, worauf Wanda viel gegeben hätte. Für sie hatte sich Erkenntnis aus anderen Quellen gespeist. Viel taugen konnten die nicht, dachte er bitter. Sonst hätte das hier nicht passieren dürfen. Was immer es auch gewesen sein mochte. Damit konnte kein Mensch einverstanden sein. Auch nicht einer, für den der Tod nur eine Station auf der Reise durch alle möglichen Welten war.

Es wurde nur das Notwendigste gesprochen. Ein paar Anweisungen von Schöbel. Ab und zu ein Hinweis auf etwas, das wichtig sein könnte. Ein Stück Holz, eine Feder, Steine mit Anhaftungen, die aussahen wie Blut. Vor und nach jeder Veränderung des Fundortes wurden Fotos gemacht, jeder Stein vorsichtig von der Toten genommen. Möglichst ohne die Lage eines anderen zu verändern. Quälend langsam kam der zerschundene Frauenkörper ganz zum Vorschein.

Pieplow fühlte, wie Übelkeit in ihm aufstieg. Der Anblick gehörte zum Schlimmsten, vor dem er je gestanden hatte. Die Augenhöhlen nur noch schorfige Wunden. Ein Arm, so grotesk gewinkelt, dass Pieplow meinte, noch das Bersten der Knochen zu hören.

Schöbel starrte wortlos auf die Tote. Betrachtete jede einzelne Verletzung. Er sah sich am Strand um, bevor sein Blick nach oben ging.

»Sie hat keine Schuhe an«, sagte er schließlich. »Habt ihr irgendwo ihre Schuhe gefunden?«

Kästner räusperte sich. »Wann hätten wir danach suchen sollen? Wir mussten …«

»Augen aufmachen hätte schon gereicht«, fiel Böhm ihm ins Wort. Er konnte es einfach nicht lassen. Trotzdem war Pieplow ihm fast dankbar. Es war, als hätte der kleine, plötzliche Zorn auf dieses Großmaul bewirkt, dass der eisige Panzer Risse bekam.

»Möglich, dass sie da oben irgendwo liegen«, sagte er ruhig und registrierte zufrieden die Handbewegung, mit der Schöbel Böhm Einhalt gebot. Unwillkürlich hoben alle die Köpfe.

»Wie kommt man da 'rauf?«, wollte Böhm wissen.

Pieplow erklärte es ihm. Anderthalb Kilometer nach Süden oder Norden. Dann durch das Hochland von Osten auf den welligen Rücken des Swanti.

»Habt ihr gehört?«, fragte Schöbel die Männer von der Kriminaltechnik. »Macht euch auf den Weg, sobald hier alles erledigt ist.«

Dass daraus nichts werden würde, wusste Pieplow, als die erste Bö Sand aufwirbelte. Fein wie Zucker kreiselte er über den Strand und bedeckte alles mit einer pudrigen Schicht. Irgendwann war im Westen die dunkle wattige Linie am Horizont aufgestiegen, hatte sich ausgedehnt und ließ nun ein bedrohlich grollendes Blauschwarz in den Himmel fließen, durch das die ersten Blitze zuckten. Eine halbe Stunde noch, eher weniger, und der Wind würde das Wasser bis an die Kliffwand peitschen.

Es blieb nicht viel Zeit, wenigstens die Tote zu bergen. Was es sonst noch an Spuren geben mochte, würde danach wohl in Sturmböen und Regen verloren gehen. Unwiederbringlich. Das war klar, als die ersten schweren Tropfen auf die graue Plane des Leichensacks fielen, der sich über Wanda Sievekings Leichnam schloss.

* * *

Himmel und Meer tobten in allen Farben des Zorns. Die Wolken höllenschwarz, von grellweißen Blitzen zerrissen. Der Wind heulte. Brüllte. Peitschte Sturzregen vor sich her. Die See schäumte vor Wut.

So wenigstens schien es Pieplow. Auch wenn nur ein Sommergewitter über sie hinwegfegte, wollten ihm die Geister des Ewigen, an die Wanda Sieveking geglaubt hatte, nicht aus dem Kopf und begleiteten ihn, bis die *Nausikaa* in den Hafen von Vitte einlief. Sturm und Wellen hatten sich beruhigt. Auf dem Anlegeplatz neben ihnen wagten sich zwei Hobbysegler wieder aus ihrer Kajüte.

»Mein lieber Mann«, ächzte Schöbel, »das war wohl der stürmischste Einsatz, den ich je hatte.«

»Ist eben 'ne windige Ecke hier.« Kästner wischte sich das nasse, zerzauste Haar aus der Stirn. »Aber gleich sieht's hier wieder ganz anders aus.« Mit einer Kopfbewegung deutete er zum Himmel, wo ein schwefeliges

Gelb in das Grau der Wolken einsickerte und sie aufzulösen begann. »Aber jetzt gibt's erstmal einen Kaffee, was meint ihr?«

Schöbel nickte gleichgültig. Böhm sagte nichts. Gab nach der rauen Fahrt nur fahlgrün und klatschnass eine traurige Figur ab, die sich zur Frage, ob Berliner oder Kirschschnecken zum Kaffee, nicht äußerte.

Pieplow wusste, was als Nächstes kam.

»Bring beides«, wies ihn Kästner an und genoss sehr offensichtlich seinen Platzvorteil als Dienststellenleiter und sturmerprobter Hiddenseer. »Aber lass dich von den Damen hinterm Tresen nicht ausquetschen. Die erfahren noch früh genug, was passiert ist.«

Der Anschein von Normalität tat Pieplow gut. Ein paar Minuten so tun, als sei dies ein Sommertag wie jeder andere. Das war es, was er jetzt brauchen konnte. Sich seinen Weg durch die Urlauber bahnen. Fahrrädern ausweichen und Bollerwagen, turmhoch mit Strandausrüstung bepackt.

Dass ihm neugierige Blicke folgten, ignorierte Pieplow. Auch die zum Tuscheln zusammengesteckten Köpfe. Er sah einfach niemanden an, gab nicht das kleinste Signal, dass man ihn ansprechen könne. Wartete vor dem Bäckereitresen, bis die Reihe an ihm war.

»Vier Berliner, vier Kirschschnecken.« Was Böhm nicht in seinen lädierten Magen bekam, würde Kästner verdrücken.

»Ist die Kripo noch da?« Lore Mann sah nicht auf, während sie das zuckrige Gebäck in rot-weißes Papier einschlug. Wer seit Jahr und Tag Kuchen an seine Polizisten verkaufte, durfte das wohl fragen. Dass etwas Grauenvolles geschehen war, wusste man längst. Irgendwann würde man auch Einzelheiten erfahren. Das hatte keine Eile.

Pieplow nickte nur.

Lore reichte Wechselgeld über den Ladentisch. »Lasst es euch trotzdem schmecken. Wird ja nicht besser davon, dass ihr hungert.«

»Danke«, sagte Pieplow, ohne genau zu wissen, warum. Wahrscheinlich, weil sie Anteil nahm, ohne neugierig zu sein. Weil sie ihn nicht in die Verlegenheit brachte, irgendwelche Polizeifloskeln von sich zu geben. Er zog das Kuchenpaket vom Tresen, öffnete die große Glastür und trat ins Freie.

Tausendmal war er den Weg Richtung Rathaus schon gegangen, seit er sich vor fünfzehn Jahren für die Insel entschieden hatte, nachdem der Traum vom Großstadtbullen ausgeträumt war. Wer nicht schnell und mutig genug ist, einen sinnlosen Mord zu verhindern, taugt vielleicht gerade mal noch zum Dorfpolizisten. So hatte er es damals gesehen und nicht einen einzigen Pfennig darauf gesetzt, sich hier jemals zu Hause zu fühlen. Und doch war es so gekommen.

»Wir kommen auch ohne diesen Firlefanz prima klar«, tönte Kästner in die versammelte Runde.

Pieplow wusste sofort, wovon die Rede war, als er das Dienstzimmer betrat. Von zwanzig Quadratmeter Polizeistation mit spärlichster Ausstattung. Zwei

Schreibtische, Aktenschränke, Telefon. Für Besucher zwei Stühle. Außer dem Streifenwagen vor der Tür war das alles, womit sie auch die turbulenteste Hauptsaison bewältigten. Dienst meist allein, abwechselnd früh oder spät. Nur wenn es sein musste, wurde der andere aus der Freischicht geholt. Den Hiddenseern und ihren Polizisten genügte das völlig. Die einen, weil sie von präsenter Staatsgewalt aus Tradition und Prinzip wenig hielten. Die anderen, weil ihre Arbeit überschaubar war. Mal kam ein Diebstahl zur Anzeige, selten ein Einbruch. Verbotene Lagerfeuer am Strand, hin und wieder Randale. Besonders am Herrentag und in Tateinheit mit Volltrunkenheit. Wer ausnüchtern musste, wurde nach Hause verfrachtet. Zur Not auch mit der Schubkarre, damit der Streifenwagen sauber blieb.

»Mit der Schubkarre? Das gibt's doch nicht!« Böhms Kaffeebecher drohte überzuschwappen, so heftig stellte er ihn auf Pieplows Schreibtischplatte ab. Seine Haltung verlor das Leidende, sein Gesicht bekam wieder Farbe. »Wie im letzten Jahrhundert! Fehlen nur noch Pferd und Repetiergewehr, dann wär's hier wie im wilden ...«

»Böhm! Bitte!« Schöbels Miene verfinsterte sich. »Lassen wir das!« Er schwieg, bis er sich der ungeteilten Aufmerksamkeit der Runde wieder sicher sein konnte. »Also: Wir wissen, wer das Opfer ist und wer es gefunden hat. Wir kennen den Namen des Mannes, der uns benachrichtigt hat. Das muss fürs Erste reichen. Die Spuren am Fundort sind uns im wahrsten Sinne des Wortes verhagelt, und was die Obduktion ergeben wird, wissen wir nicht. Bleibt uns also die Wohnung des Opfers. – Sie wissen, wo sie gewohnt hat?«

Pieplow brauchte nur aufzustehen, um mit dem Finger über die Karte hinter seinem Schreibtisch zu fahren. Bei einem namenlosen Sandweg im Nordwesten von Kloster hielt er an.

»Hier müsste es sein. Ganz genau weiß ich das erst, wenn wir davorstehen.« Er scherte sich nicht darum, dass Böhm verächtlich schnaubte. Auf Hiddensee hatte eben nicht jeder Trampelpfad einen Namen. Trotzdem fanden sich alle, die es etwas anging, problemlos zurecht. Post, Rettungsdienst, Feuerwehr. Und die Polizei.

Schöbel war Pieplows Zeigefinger mit den Augen gefolgt und überlegte jetzt laut: »Wenn sie allein gelebt hat, stellt sich die Frage, wie wir ins Haus kommen. Schlüssel hatte sie nicht bei sich. Wie steht's mit Schlüsseldienst oder Schlosser? Irgendwem, der die Tür öffnen kann?«

»Das wird wohl nicht nötig sein.« Pieplow fühlte sich selbstsicherer als sonst, wenn er seine gewohnte Zurückhaltung aufgeben musste. Aber das hier war sein Revier. Er wusste, dass hier Einbruchssicherung und Diebstahlprävention noch als neumodischer Stadtkram galten. Die Urlauber bevorzugten das Versteck zwischen Steinen und Muscheln am Eingang. Die Hiddenseer sahen ihre Schlüssel gern etwas abseits verwahrt. »Wir sollten erstmal im Schuppen nachsehen. An den Balken neben der Tür zum Beispiel. Zwischen dem Werkzeug. Oder in alten Konservendosen.«

Schöbel hob nur eine seiner buschigen rotblonden Augenbrauen. »Gut«, sagte er. »Dann die Zeugen. – Wo sind die?«

Kästner klopfte auf sein aufgeschlagenes Notizbuch. »In ihren Urlaubsquartieren. Obwohl die Frau, die die Leiche gefunden hat, Anita Burgwald, ins Krankenhaus gehört hätte. Meinte jedenfalls der Doktor. Aber sie wollte partout in ihr Ferienhaus zurück. Auch der Mann, der uns angerufen hat, müsste in seiner Ferienwohnung sein. Beide wissen, dass sie im Laufe des Tages noch einmal befragt werden sollen.«

Schöbel erhob sich und zog sein Jackett vom Besucherstuhl. Es war immer noch feucht vom Gewitterregen und ganz knittrig dort, wo er sich angelehnt hatte. »Dann wollen wir mal. Zuerst in Wanda Sievekings Wohnung, danach mit den Zeugen sprechen. Sie, Pieplow, begleiten mich. Böhm, du fährst zurück nach Bergen und prüfst, was es an Informationen über alle Beteiligten gibt. Finde heraus, ob Angehörige benachrichtigt werden müssen. Und Sie«, Schöbel wandte sich an Kästner. »Sie nehmen die Nachhut in Empfang und weisen sie ein. Nicht, dass die sich noch im Hochland verfransen.«

Kästner trug es mit Gleichmut, dass er zum zweiten Mal an diesem Tag zu Fuß hinunter zum Hafen musste. Immerhin würde es von dort mit den Fahrzeugen der Bergener weitergehen.

* * *

Nur wer die Straße am Seedeich so gut kannte wie Pieplow, bemerkte noch Zeichen des Unwetters. Zu niedrigen Wällen aufgeschwemmtes Bruchholz, Zweige, kleine Äste. Nass glänzender, schwarzer Morast in den Furchen der Feldzufahrten. Als hätte gerade eine gigantische Hochzeit stattgefunden, waren überall auf dem Asphalt Wildrosenblätter verstreut, deren süßlicher Duft sich in der reglosen Luft zwischen den Hecken am Waldrand hielt. Und der Himmel über der Insel leuchtete wieder so makellos blau, dass die Erinnerung an das finstere Toben des Morgengewitters etwas Unwirkliches hatte. Genau wie die Bilder, die in Pieplows Kopf aufblitzten. Von klaffenden Wunden, ausgewaschen, hell wie gekochter Fisch. Von schlaffen, seltsam eckig gewinkelten Armen. Von einem Gesicht, so entstellt, dass der Gedanke daran Übelkeit aufwogen ließ.

Pieplow holte ein paar Mal tief Luft. Er war froh, dass trotz des Strandwetters in Kloster reger Betrieb herrschte. Die Passagiere des Mittagsschiffs schwärmten über die Insel. Essen kaufen, Kutsche fahren. Nachmittags zurück nach Stralsund oder Rügen. Wie Eintagsfliegen schwirrten sie über die Insel. Die Hiddenseer und ihre Urlauber waren froh, wenn abends wieder Ruhe einkehrte.

Jetzt allerdings boten sie mit ihrem Urlaubergleichmut willkommene Ablenkung. Ältere Herrschaften, so schwerhörig oder dickköpfig oder beides, dass sie das Auto hinter sich nicht beachteten. Kinder, die, Streifenwagen hin oder her, plötzlich über die Straße flitzten.

Ein Frauenpulk in hitzigem Disput mitten auf der Fahrbahn. Autofrei, gifteten die Blicke, die Pieplow einfing, heißt ja wohl Vortritt für Fußgänger.

In den Seitenstraßen wurde es ruhiger. Pieplow bog links ab, dann rechts, und schließlich rumpelte der Wagen über ein ausgefahrenes Stück Sandweg.

»Hier ist es.« Pieplow wies auf ein taubenblaues Maschendrahttor. Etwas schief, aber sorgfältig lackiert hing es zwischen den Pfosten eines Zauns, an dem Malven in allen Farben blühten. Etwas erhöht über der blühenden Pracht des Gartens stand das Haus. Rosenüberwuchertes weißes Mauerwerk unter einem dicken Strohdachpolster.

»Ziemlich abgelegen. Erst recht für eine Frau.« Schöbels Stimme klang kratzig. Er hatte kaum gesprochen während der Fahrt. Sein Blick suchte die Umgebung ab. Große Grundstücke, dichte, niedrige Hecken von anthrazitgrauen reetgedeckten Dächern und mächtigen Birken überragt. Zur Seeseite unter landwärts geneigten Kiefern dichtes Gestrüpp, in das sich ein Pfad hineinschlängelte.

Schöbel wies auf die sandige Spur. »Wo führt der hin?«

»Zum Wald und weiter zum Hochufer.«

»Wie weit?«

»Zum Hochufer? Zwei-, höchstens dreihundert Meter«, schätzte Pieplow.

»Wären wir zu Fuß nicht schneller gewesen als übers Wasser?« Schöbel folgte dem Pfad mit den Augen über das kurze Stück durch die Grasfläche in den Wald hinein, hinter dem er anscheinend den Fundort vermutete.

»Nein«, sagte Pieplow. Mit einer ausholenden Armbewegung nach Norden versuchte er die Entfernung deutlich zu machen. »Hinter dem Wald streckt sich das Hochland noch kilometerlang hin, bis es in die Steilküste übergeht, und dort ist der Swanti. Eine gute Stunde hätten wir sicher gebraucht.«

»Was bedeutet, Wanda Sieveking muss mindestens genauso lange unterwegs gewesen sein«, folgerte Schöbel.

Eher länger, dachte Pieplow. Sie konnte sich schließlich alle Zeit der Welt lassen. Ohne jeden vernünftigen Grund hatte er ein unbehagliches Gefühl, als er hinter Schöbel durch das Gartentor auf Wanda Sievekings Haus zuging. Sah sich sogar um wie jemand, der bei dem, was er tat, nicht beobachtet werden wollte. Wie ein ungebetener Gast, dem die Hausherrin niemals erlauben würde, so weit in ihr Leben vorzudringen, wie sie es jetzt vorhatten. Es nutzte nichts, dass zwischen den Vorhängen des Erdgeschossfensters zwei schlappohrige Porzellanhunde die Besucher freundlich willkommen zu heißen schienen. Es nutzte auch nichts, dass die Haustür leicht und einladend aufschwang, als würden sie erwartet. Pieplows Unbehagen blieb.

Durch das Laub der Bäume fiel Mittagslicht mit grünlichem Schimmer auf das Schachbrettmuster der Fliesen und die weiß gekalkten Wände der Diele. Kühl war es hier und dämmrig und in der Luft hing ein Hauch von frischem Kiefernholz.

»Geräumiger, als ich dachte«, murmelte Schöbel, während er zwei Schritte in den Raum neben dem Eingang trat.

Eine Liege sahen sie. Niedrige Bücherregale rechts und links des Kopfendes. An der Wand gegenüber eine helle Kommode. Am Fenster ein Tisch, zwei Korbsessel. Bezüge und Gardinen aus grau-blau gestreiftem Stoff.

»Sieht aus, als könnte sie hier ihre ...« Patienten? Kunden? Schöbel suchte nach dem passenden Wort, » ... ihre Besucher behandelt haben.«

Weder Kästner noch Pieplow hatten Schöbels Fragen nach Wandas Heilungsmethoden beantworten können.

»Irgendwas mit Handauflegen und Besprechen«, hatte Kästner mehr geraten als gewusst. Er hatte immer nur mit halbem Ohr zugehört, wenn es um Wandas Künste ging, denen er sich um nichts in der Welt ausgeliefert hätte.

Marie würde mehr über Wanda wissen, ging es Pieplow durch den Kopf. In all den Stunden am Bett der alten Fine war nicht nur über Krankheit und Sterben gesprochen worden. Ganz sicher nicht. Hin und wieder hatte er sogar leises Lachen durch die Zimmertür gehört, obwohl Josefine Gau es sich nicht leicht gemacht hatte. Ein langes Leben hindurch zupacken und dann loslassen müssen fiel schwer. Dass es ganz am Ende doch gut war, hatte sie Wanda Sieveking zu verdanken. Behauptete zumindest Marie.

Die Stufen knarzten, als Schöbel die steile Treppe hinauf ins Dachgeschoss nahm, um sich auch dort nur flüchtig umzusehen, bevor er rückwärts wieder hinabstieg.

Nach einem kurzen Blick in das winzige Bad widmete er seine Aufmerksamkeit der Küche mit dem alten Spülstein und den soliden Einbauten, an denen nur der taubenblaue Anstrich neu war. Zwei Stühle, ein blank gescheuerter Holztisch mit einem Strauß aus Wiesenblumen und Gräsern, ganz frisch, als sei er gerade erst dorthin gestellt worden. Schöbel öffnete keinen Schrank, zog keine Schublade auf. Hielt nur für einen Moment inne und ließ die ruhige Ordnung auf sich wirken, in der Wanda Sieveking gelebt hatte.

Alles an seinem Platz. Kein schmutziges Geschirr. Kein Hinweis auf einen hastigen Aufbruch.

Auch im Schlafzimmer nicht, in dem ein Windspiel aus Federn und kleinen Bernsteinen über dem Bett in leises Schweben geriet, als Schöbel der angelehnten Tür einen Schubs gab, um sie ganz zu öffnen. Sie gab den Blick frei auf einen sonnigen Raum. Fast quadratisch und nur sparsam möbliert. Ein Wandbrett mit Haken für den Bademantel und eine Wolljacke. Auf der Kommode schweres elfenbeinfarbenes Waschgeschirr, darüber das Bild zweier Engel.

Im Wohnzimmer ging durch eine breite dreiflügelige Glastür der Blick auf Hochland und Wald, dem alles im Raum zugewandt schien. Das helle Sofa mit dem niedrigen Tischchen, auch Sessel und Hocker weiter hinten im Raum neben dem Bücherregal.

Schöbel bewegte sich langsam weiter und nahm konzentriert in Augenschein, womit Wanda Sieveking sich umgeben hatte. Bücher, Bilder. Muscheln, Steine. Etwas abseits, im schattenlosen Licht des einzigen Nordfensters, stand der Schreibtisch, massiv und schwer wie kein anderes Möbel im Haus. Auf der Schreibplatte ein Tongefäß mit Stiften und eine kleine Galerie gerahmter Fotografien. Bernsteine in allen Formen und Farben. Die schönsten klar und glänzend wie flüssiger Honig. In einer Schale daneben die Utensilien, um daraus Schmuck zu machen – Schleifpapier, Fadenrollen, Ösen, winzige Karabiner.

»Nirgendwo etwas, das nach Kalender aussieht. Entweder sie hatte ein phänomenales Gedächtnis oder sie war ein glücklicher Mensch ohne Termine«, sagte Schöbel und beugte sich vor, um die Fotos zu betrachten.

»Ist sie das?« Er reichte Pieplow eines der Bilder.

So wie Wanda darauf aussah, musste es etliche Jahre alt sein. Ihr halblanges Haar war noch dunkel und nicht im Nacken zusammengebunden, das Gesicht voller und glatter, als Pieplow es kannte. Aber sonst … der gleiche aufmerksame, ein wenig abwartend wirkende Blick, das gleiche Lächeln: warm und zurückhaltend zugleich.

»Ich denke schon«, sagte er vorsichtig. »Oder eine Frau, die ihr sehr ähnlich sieht. Vielleicht eine Schwester?«

»Und die Kleine? Kennen Sie die?« Schöbel tippte auf den Rand der Fotografie. Das Mädchen neben Wanda mochte zehn oder elf sein. Sauber und ordentlich in weißer Bluse und Trägerrock, der Pagenkopf blond und ordentlich gekämmt, wie es sich gehört, wenn man vor wolkig marmorierter Papierwand für den Fotografen posieren soll.

»Keine Ahnung.« Pieplow hob ratlos die Schultern. »Sie hat nie erwähnt, dass sie Kinder hat. Jedenfalls nicht mir gegenüber.«

»Wie steht's mit Herrn Sieveking?«

Wieder musste Pieplow passen. »Kann sein, dass es früher mal einen gegeben hat, aber hier hat sie allein gelebt.«

Schöbel stellte das Foto zurück zu den anderen. »Gehen Sie schon 'ran«, brummte er, als Pieplows Telefon klingelte. »Und dann machen Sie mal die Runde bei den Nachbarn, solange ich mich hier umsehe. Vielleicht hat ja jemand etwas gehört oder gesehen, was für uns interessant ist.«

Marie klang angespannt. »Daniel? Wo bist du?«

»Das ist wohl …« Gedankenübertragung, wollte er sagen.

»Was, um Himmels willen, ist denn passiert?«, fiel sie ihm ins Wort. »Du glaubst gar nicht, was für furchtbare Geschichten die Leute erzählen. Von zerstückelten …«

»Mama!«

Der Aufschub, den ihm Leonies Stimme aus dem Hintergrund verschaffte, würde nicht reichen, um die richtige Antwort zu finden. Marie zu belügen kam nicht in Frage. Zu sagen, was er wusste, ebenso wenig. Erst mussten andere entscheiden, was die Öffentlichkeit erfahren sollte. Solange würde es an den Umschlagplätzen für Neuigkeiten wohl noch hoch hergehen.

Dabei ist die Wahrheit schon grausam genug, dachte er. Zerstückelt! Was, zum Teufel, geht in den Köpfen von Menschen vor, die es noch blutrünstiger machen, als es ohnehin schon ist?

»Du kannst nichts sagen, oder?« Maries Stimme klang jetzt tiefer. Nicht mehr ängstlich, eher bedrückt.

»Noch nicht, nein.«

»Aber es ist tatsächlich jemand ermordet worden?«

»Wir wissen noch gar nichts, Marie. Erst wenn …« Er brach ab. Der Polizistensatz vom Ergebnis der Obduktion wollte ihm nicht über die Lippen. »Ich melde mich«, sagte er stattdessen. »Sobald es geht. Versprochen.«

Vor dem Nachbarhaus türmte sich Gepäck. Koffer, Taschen, eine Angelausrüstung. An der Hauswand lehnten Räder. Zwei große, ein mittleres und ein kleines getigertes, auf dem sein Besitzer seine liebe Mühe mit den Hiddenseer Sandpisten haben würde. Vielleicht war für diese Umstände der hochlehnige Sitz auf dem Gepäckträger des Herrenrades montiert.

»Willst du zu uns?« Der Dreikäsehoch, der Pieplow neugierig musterte, war offenbar der Tigerbiker. Den passenden Helm dazu trug er noch auf dem Kopf.

»Ich glaube nicht. Jedenfalls nicht, wenn ihr heute erst angekommen seid.« Das war zwar keine Erklärung dafür, dass ein Polizist im Sommerhausgarten aufkreuzte, warf aber auch keinen Schatten auf den ersten Urlaubstag.

Der Steppke nickte. »Grade eben.« Seine kleine Hand schwebte mit gestreckten Fingern in langen Wellen durch die Luft. »Mit dem Schiff!«

Es musste sich um eine Art Fluggleitboot handeln, das Pieplow bisher auf dem Bodden entgangen war.

»Mama und Papa sind drinnen. Soll ich sie holen?«

Pieplow winkte ab. »Nicht nötig. Ich seh' ja, dass alles in Ordnung ist.« Wer heute erst angekommen war, konnte wohl kaum etwas über die vergangene Nacht aussagen. Er tippte erst gegen den getigerten Helm, dann, fast vorschriftsmäßig, gegen den eigenen Mützenschirm.

»Willkommen auf Hiddensee, junger Mann.«

Im Haus gegenüber hatte man sich schon eingelebt. Ein Bobbycar lag seitwärts unter dem Flieder, auf der Leine im Garten hing Wäsche im Größensortiment wie die Fahrräder nebenan. Groß, mittel, klein, sehr klein sogar.

»Was ist passiert?« Die Frau musste ihn durch das Küchenfenster gesehen haben. Sie trat in die Haustür, bevor Pieplow entschieden hatte, wie er sich bemerkbar machen wollte. Klopfen? Rufen? Eine Klingel gab es nicht. »Ist was mit den Kindern?«

Immer dieselbe Frage, dachte Pieplow und beruhigte die Frau. Mit ihren Kindern sei nichts passiert, mit ihrem Mann auch nicht, der wahrscheinlich mit den Großen am Strand war, während sie den Mittagsschlaf des Jüngsten bewachte und nebenher aufräumte, abwusch, Wäsche aufhängte und was sonst noch zu tun war, wenn man mit drei Kindern Urlaub machte.

»Gott sei Dank!« Sie legte die Hand mit dem Ehering auf ihr üppiges Dekolleté über dem Herzen, das nun wieder langsamer schlagen durfte.

Wandas Schicksal erschreckte sie weniger. Auch wenn so ein Unfall, wie Pieplow ihn andeutete, natürlich furchtbar war. Sie war zu erschöpft, zu übernächtigt, als dass sie viel Interesse für das Unglück anderer Leute aufbringen konnte. Trotzdem gab sie sich Mühe mit der Antwort auf Pieplows Fragen und schüttelte erst nach einer kleinen Bedenkzeit den Kopf.

»Nein, mir ist nichts aufgefallen. Ich hab aber, ehrlich gesagt, auch nicht drauf geachtet. Wenn Sie jede Nacht zwei, drei Mal hochmüssen, denken Sie nur noch an eins: Ich will wieder ins Bett. Nichts hören, nichts sehen. Nur schlafen. Der Kleine ist erst acht Wochen alt und alle vier Stunden hungrig. Sie können sich ja denken, was das bedeutet.«

Pieplow nickte verständnisvoll wie ein kinderreicher Leidensgenosse. »Und Ihr Mann? Könnte der etwas bemerkt haben?«

»Wie denn?« Die Frage kam mit einem kleinen Schnauben und wirkte fast zornig. »Der schläft wie ein Stein. Zu Hause sowieso und hier erst recht. Den brauchen sie gar nicht zu fragen.«

»Ich verstehe«, sagte Pieplow. »Sie waren in der Nacht zwar mehrmals wach, haben aber nichts Ungewöhnliches bemerkt?«

»Genau. Alles so friedlich, wie es sein sollte. Hier und da mal ein Licht, ansonsten Dunkelheit und Stille. Zumindest da draußen.« Ein kleines müdes Lächeln begleitete den Gedanken an den Hungerrabatz ihres Jüngsten.

»Was meinen Sie damit: Hier und da mal ein Licht? War das Haus gegenüber nicht leer?«

»Doch, ja. Die Urlauber dort sind gestern abgereist und die Neuen packen ja grade erst aus, das sehen Sie doch.«

»Das heißt, bei Frau Sieveking brannte Licht?«

»Klar tat es das. So ein funzeliges wie von Kerzen. Wenigstens als ich das erste Mal wach war. Später war's dunkel. Nicht so wie bei uns, wo die ganze Nacht irgendeine Lampe brennen muss. Die alte Dame hatte schließlich keine Kinder, die nachts herumwebern, oder?«

»Wann haben Sie denn das letzte Mal Licht dort drüben gesehen?«

Sie überlegte. »Ich weiß es wirklich nicht. Ich weiß nur, dass ich beinahe im Sitzen eingeschlafen wäre, obwohl ich schon mit den Hühnern ins Bett gegangen bin. Als ich das nächste Mal aufstand, also etwa drei Stunden später, wurde es schon wieder hell.« Die Frau warf einen kurzen Blick hinter sich ins Haus, wo das Baby zu krähen begann. »Tut mir leid, dass ich Ihnen nicht mehr sagen kann. Die arme Frau. Wir kannten sie schon aus den letzten beiden Jahren. Wobei kennen eigentlich zu viel gesagt ist. Aber sie war nett, wissen Sie. Hat gleich gesehen, wie's mir ging, als wir hier ankamen, und mir die hier gebracht.« Sie berührte mit den Fingerspitzen die Reihe glänzender Bernsteine, die sie an einem feinen Draht um den Hals trug. »Als Geschenk zur Geburt von Max. Sie hat gesagt, die Steine sind energetisch aufgeladen oder so. Ganz verstanden hab ich's nicht. Und darauf, dass sie mir Gelassenheit und die Kräfte der Sonne bringen, warte ich auch irgendwie noch.«

Baby Max schrie jetzt so vernehmlich, dass es vermutlich ein Kilo energetischen Bernsteins brauchte, um gelassen zu bleiben. Trotzdem lachte die Frau. Herzlich und mütterlich, wie Pieplow fand und sich schnell noch Namen und Heimatadresse notierte, bevor er Nora Schilling aus Apolda ihrem aufreibenden Glück überließ.

Hinter der nächsten Tür blieb es still, als er klopfte.

Kein Wunder, dachte Pieplow. An einem Tag wie diesem wäre ich auch lieber am Strand. Oder ließe mir sonst wo den Sommerwind um die Nase wehen.

Allerdings wäre hinter Rosenhecken verborgen auf einer Decke im Gras die Liebste umschlingen auch nicht schlecht. Damit nämlich waren die jungen Leute beschäftigt, die er aufscheuchte, als er auf der Suche nach einem der Bewohner um die winzige Kate herumging. Gehört oder gesehen hatten die beiden nichts. Außer einander, was aber wohl nicht als ermittlungsrelevant gelten konnte. Pieplow übersah geflissentlich alle sichtbaren Zeichen von Erregung, bat um Entschuldigung für die Störung und zog sich zurück.

Blieb das Sommerhaus gegenüber. Das letzte vor der Kurve, hinter der es zum Hügelweg hinabging. Namensschild und Klingel bewahrten Pieplow vor neuerlichen Peinlichkeiten. Armin und Gesine Manthey. Die jungen Mantheys, wie man im Dorf sagte. Pieplow war der Frau nur ein paar Mal begegnet, seit sie das Haus vor ein paar Jahren geerbt hatten, das leer stand, wenn seine Besitzer es nicht bewohnten und die Pflege des großen Gartens Manfred Graber überließen. Pieplow drückte auf den Knopf.

Der Mittvierziger, der ihm öffnete, hatte sich gut gehalten. Braungebrannt, groß, muskulös. Blätter einer großformatigen Zeitung in der einen, Brille in der anderen Hand. Leutselig und höflich mit einem Hauch Ironie, das war Pieplows Eindruck.

»Was kann ich für Sie tun, Herr Wachtmeister?« Erstens war der Dienstgrad nicht korrekt und zweitens klang er so, wie Manthey ihn aussprach, mehr nach Nachtwächter.

Es gehe, erläuterte Pieplow, um Wanda Sieveking, die alte Dame aus dem Haus schräg gegenüber am Weg ins Hochland. Sie sei heute Nacht an der Steilküste tödlich verunglückt. Und darum, ob die Nachbarn vielleicht etwas bemerkt hätten, das möglicherweise im Zusammenhang mit dem Sturz stehen könne.

»Das ist ja furchtbar!« Manthey war sichtlich betroffen. »Wer war das, sagten Sie?«

Pieplow beschrieb Wanda, wie er sie in Erinnerung hatte. Eine stattliche Siebzigjährige, die jünger wirkte, als sie war. Graues Haar, meist weite, helle Kleidung. Hose und Bluse. Seltener Kleider. Und ihr Weg hatte sie ganz gewiss des Öfteren hier vorbeigeführt. Wenn sie zum Einkaufen wollte, zum Beispiel. Oder in die Kirche. Zum Hafen.

Manthey machte ein nachdenkliches Gesicht. »Gut möglich, dass wir ihr begegnet sind, aber dass ich jetzt konkret wüsste, wer das ist, kann ich nicht sagen. Außerdem – als Zeugen für einen Unfall oben an der Steilküste sind wir dann vielleicht doch etwas weit weg, nicht wahr?« Manthey zog fragend die Augenbrauen hoch.

»Stimmt«, räumte Pieplow ein. »Trotzdem wäre es ja möglich, dass die Nachbarn etwas bemerkt haben, das für unsere Ermittlungen von Bedeutung ist.«

Manthey hob bedauernd die Hand mit der Brille und setzte sie bei der Gelegenheit auch gleich auf die Nase. »Tut mir leid, dass ich in dieser traurigen Angelegenheit nicht weiterhelfen kann.« Für ihn war es an der Zeit, sich wieder der Lektüre zu widmen.

3

Der Streifenwagen rollte über das glatte Pflaster der Straße von Kloster nach Grieben. Auf dem Rücksitz lag, was Schöbel mitgenommen hatte. Viel war es nicht. Ein gelber und ein blauer Ordner. Alles andere, Briefe, Fotos und was sonst von Bedeutung sein konnte, war im Haus geblieben und wartete auf die Spurensicherung.

»Ihre Frau?«, fragte Schöbel.

Pieplow starrte auf die Radfahrer vor sich und verstand nicht gleich, wer gemeint war.

»Vorhin am Telefon«, half Schöbel nach.

Schön wär's, dachte Pieplow, aber daraus ist nichts geworden. Bisher wenigstens nicht. Und wie's aussah, würde sich das auch nicht ändern. Dass aus Freundschaft mehr wurde, gab's nur in Schlagern.

»Nein«, sagte er. »Das war Marie, die Mutter von Leonie.«

Wer Leonie war, wusste Schöbel. Es gab Bilder, die erinnerte man nach Jahrzehnten noch. Und das von Marie, wie sie weinend ihr Kind in den Armen birgt, war gerade mal vier Jahre alt.

»Ich hoffe, es geht den beiden gut.« Schöbel nahm den Blick von der Straße und musterte Polizeiobermeister Daniel Pieplow, ohne den die Geschichte damals vielleicht in einer Katastrophe geendet hätte.

»Eigentlich schon.« Pieplow zögerte mit der Antwort. Wog ab, was Schöbel etwas anging und was allein Maries Angelegenheit war. »Im Mai ist Leonie vier geworden. Neugierig, fröhlich und dauernd in Bewegung. Sie kann ein ziemlicher Querkopf sein, aber das ist wohl normal. Erst recht für eine Hiddenseerin.« Unwillkürlich musste er lächeln. Eine vierjährige Hiddenseerin war sozusagen der Inbegriff von Dickschädeligkeit und Durchsetzungswillen.

»Und Marie?« Schöbel hatte das *eigentlich* weder überhört noch vergessen.

»Na ja«, sagte Pieplow gedehnt. »Es hat eine Weile gedauert, bis sie über alles hinweg war. Aber seitdem geht es ihr gut. Obwohl der letzte Winter schwer für sie war. Ihre Tante ... Josefine Gau ist im Frühjahr gestorben.« Pieplow nahm an, dass Schöbel wusste, was er meinte. Dass der Tod am Ende eines langen Lebens nichts war, was Marie aus der Bahn warf. Nichts, was ihr die Welt zum Feind machte, auch wenn trotz aller Hilfe an Erholung oder Schlaf kaum zu denken gewesen war.

»Aber das hier ... ich weiß nicht.« Es klang nach Selbstgespräch, als Pieplow fortfuhr. »Es gibt Dinge, die überfordern sie immer noch.« Unglücksnachrichten, Bilder. Alles, was nach Gewalt aussah, setzte Marie mehr zu als anderen. Und sie kannte Wanda. Ziemlich gut sogar.

»Und jetzt brodelt die Gerüchteküche …«, murmelte Schöbel und sah aus dem Fenster, während der Streifenwagen durch Grieben rollte. An Gasthäusern und Gärten vorbei, um Radwanderer herum noch ein Stück aus dem Dorf hinaus. In die Gasse zwischen den Gaffern, die sich vor dem rotweißen Absperrband drängten.

»Eine wahre Pest«, knurrte Schöbel, dann schwieg er wieder.

Einer der beiden Posten hob das Absperrband. Man grüßte einander flüchtig, und Pieplow bog nach links in den Weg Richtung Steilufer ab.

Auch für den Streifenwagen ging es nach wenigen Minuten nicht mehr weiter. Kurz hinter dem alten Leuchtturmwärterhaus war Schluss. Hier begann das Revier der Spurensicherer, das niemand betrat, der dort nichts verloren hatte. Wie viele Beamte auf den Hängen am Rücken des Swanti arbeiteten, ließ sich zwischen Sträuchern und Buschwerk schlecht ausmachen. In ihren weißen Schutzanzügen suchten sie jeden Zentimeter des schmalen Pfads ab, der sich den Berg hinaufschlängelte. Alle bewegten sich langsam und so konzentriert, als nähmen sie jeden Busch, jeden Zweig und jeden einzelnen Dorn daran unter die Lupe. Manchmal bückte sich einer von ihnen und ging in die Hocke. Nichts durfte übersehen werden. Was irgendwie von Bedeutung sein konnte, wurde erst fotografiert und dann gesichert. Sie hoben Bonbonpapier auf und Kaugummiklumpen, zupften Fasern von Zweigspitzen und sammelten Kippen und Kronkorken ein. Es kam einiges zusammen, obwohl die Landschaft spurenlos wirkte, wie leer gefegt und blank gespült von Gewittersturm und Wolkenbruch.

Trotzdem hatten die Männer anscheinend Erfolg gehabt, denn einer von ihnen unterbrach seine Arbeit und ging, den Fotoapparat über der Schulter, auf Schöbel und Pieplow zu. Er kam gleich zur Sache: »Ihre Schuhe haben wir gefunden. Ungefähr einen Meter von der Kliffkante entfernt, fein säuberlich nebeneinander. War wohl ziemlich ordentlich.«

Schöbel nickte. Dasselbe hatte er vor einer Viertelstunde in Wandas Haus auch gedacht. »Sonst nichts?«, fragte er.

»Doch. Sogar etwas ziemlich Rätselhaftes.« Der Techniker öffnete die Hecktür seines Transporters. Auf der Ladefläche standen neben einer klobigen schwarzen Ledertasche Plastikkästen in verschiedenen Größen und Farben. Aus einem flachen grauen zog er eine Asservatentüte und reichte sie Schöbel. »Die haben wir direkt über dem Fundort entdeckt. Das war vor zwei Stunden. Seitdem nichts mehr.« Dem Mann von der Spurensicherung stand unter der weißen Kapuze seines Anzugs der Schweiß auf der Stirn.

»Bernsteine?« Vorsichtig bewegte Schöbel die Tüte zwischen seinen Fingern.

»Ganz genau. Und zwar solche, die Tropfen oder Zapfen genannt werden, wenn ich mich nicht irre. Schöne Steine. Zwei von ihnen haben sogar Einschlüsse. Und alle sind gekonnt bearbeitet. Fast professionell, würde ich sagen.«

Schöbel runzelte die Stirn. »Es hat also jemand eine Handvoll polierter Bernsteine da oben verloren, meinst du?«

»Nicht verloren. Eher schon liegen lassen. Vergessen. Oder übersehen.«

»Wie kommst du darauf?«

»Die Steine waren angeordnet. Sieh hier …«

Im Display der Polizei-Kamera leuchteten Bilder auf. Pieplow sah Aufnahmen, wie es sie vom Swanti hunderttausendfach geben musste. Azurblauer Himmel, meergrüne, schillernde See, davor, streng und schroff, das sandhelle Kliff. Nur dass diese Bilder statt in einem Ferienalbum in einer Ermittlungsakte landen würden.

Fundort Totale, Fundort Detail. Wandas Schuhe. Weißes Leder mit Lochmuster. Leicht und doch fest genug für die Wege im Hochland. Jetzt war nur noch Gras auf den Bildern. Gelblich und spröde wie altes Haar nach einem Sommer in Sonne und Wind.

Zahlenschilder, Maßangaben. Höchstens drei Schritte vom Abgrund entfernt ein Halbkreis aus Bernsteinen, fünfzig Zentimeter breit, dreißig tief. Nach Osten geöffnet wie eine Schale.

»Das ist allerdings rätselhaft.« Schöbel ließ die Bernsteinbilder noch einmal durch das Sichtfenster laufen. »Hast du eine Ahnung, was das bedeuten könnte?«

»Seh' ich aus wie ein Hokuspokus-Spezialist?«, blaffte der Techniker gereizt.

»Schon gut«, beschwichtigte Schöbel. »Ich dachte nur … wenn du schon Tropfen und Zapfen kennst, weißt du das vielleicht auch noch.«

»Wir sammeln nur Fakten, für das Mystische seid ihr zuständig.«

»Da könntest du sogar Recht haben«, stimmte Schöbel ihm zu.

»Sie hat Ketten daraus gemacht«, sagte Pieplow und berichtete von Nora Schillings Warten auf die Kräfte der Sonne.

»Wenn man sich da 'reindenkt … im Halbkreis zum Sonnenaufgang geöffnet … schon sind die Dinger mit Energie geladen und tun ihre wundersame Wirkung. Man muss nur noch dran glauben.« Jetzt fühlte sich der Techniker doch fürs Mystische zuständig.

»Es gibt Dinge zwischen Himmel und Erde …«, begann Schöbel.

»Mag sein. Aber mir sind handfeste Schulweisheiten lieber«, sagte der Techniker und widmete sich wieder den spärlichen Fakten.

* * *

»Halten Sie mal an.« Schöbel kramte in den Taschen seines Jacketts und förderte Zigaretten und Feuerzeug zutage. Ein sumpfiges Wasserloch, neben dem der Streifenwagen ausrollte, und weit geöffnete Türen konnten als Kompromiss zwischen Rauchverbot in Polizeifahrzeugen und Brandgefahr auf trockenen Hochlandwiesen durchgehen, fand Pieplow.

»Was denken Sie von der Sache?« Schöbel inhalierte tief und verpestete die Seeluft mit einer stinkenden Qualmwolke.

»Ich weiß nicht«, sagte Pieplow zögernd. »Am wahrscheinlichsten ist wohl ein Unfall, oder?«

»Warum nicht Selbstmord?«

»Kann natürlich auch sein«, stimmte Pieplow zu, aber mit so viel Skepsis in der Stimme, dass es mehr nach Widerspruch klang.

»Warum nicht?«, fragte Schöbel prompt.

»Auf mich wirkte sie immer so …«, Pieplow fiel nicht gleich das passende Wort ein, » … so einverstanden. So als hätte alles seine Richtigkeit … wenn Sie verstehen, was ich meine. Aber ich habe sie nicht gut genug gekannt, um das wirklich beurteilen zu können.« Unfall, Selbstmord, blieb nur noch …

»Mord. Was ist mit Mord?« Es lag nahe, dass Schöbel dasselbe dachte.

»Puh«, machte Pieplow nur. Er ließ seine Blicke aus der Enge des Streifenwagens über Wiesen und Bodden bis hinüber zum Bug schweifen. Wer, um Himmels willen, sollte Wanda Sieveking ermordet haben? Und warum?

»Sie haben Recht.« Schöbel nickte bedächtig, als habe er Pieplows Gedanken gehört. »Noch ist alles Spekulation. Wollen wir hoffen, dass die Obduktion uns weiterbringt.«

Etwa dasselbe wiederholte er ein paar Minuten später. An der Absperrung drängten Reporter so dicht an den Wagen, dass Pieplow bedauerte, sein Fenster nicht geschlossen zu haben.

4

Alle anderen waren schon da. Ein Kreis aus fünf Köpfen, die meisten blond in allen Schattierungen. Außer Wiesel natürlich, der mit seinem fast schwarzen Haar über den braunen Augen eine Ausnahme war. Und abgesehen von Jette, der karottenrote Strähnen in alle Himmelsrichtungen vom Kopf abstanden, seit sie ihre Schwester in Berlin besucht hatte.

Schon aus den hundert Metern Entfernung, die ihn von der Versammlung noch trennten, konnte Harri an Ennos wilden Gesten erkennen, dass er wieder einen Vortrag hielt. Eine Armeslänge über den anderen saß er auf dem mittleren Buckel des Buchenstamms, der im Orkan vor zwei Jahren hier gestrandet war. Wie ein riesiger grauer Lindwurm schien er sich seitdem über den Strand zu winden, ohne je einen Millimeter voranzukommen. Wurde nur jedes Jahr glatter und heller, von Wasser und Sand geschmirgelt und von tausend Urlauberhänden poliert.

Enno war der Anführer. Erstens, weil er der Coolste war, ohne das ausdrücklich zu sagen, und zweitens, weil »Enno« auch noch *Der mit dem Schwert tanzt* bedeuten sollte. Dagegen konnte keiner anstinken. Nicht mal

Mikka mit seinem finnischen Rennfahrer als Namenspatron.

Keiner machte Anstalten beiseitezurücken, damit Harri sich in die Runde setzen konnte. Alle sahen gebannt zu Enno auf.

»Es wimmelt nur so von ihnen. Kripo, Spurensicherung, das ganze Drum und Dran. Jeden Zentimeter suchen die ab, bis sie was finden. Und das werden sie, so viel ist mal sicher.« Zufrieden registrierte Enno das einhellige Nicken. Klar fanden die was. Taten sie doch immer. Sah man schließlich oft genug im Fernsehen.

»Wegen uns?« Wie ein verschreckter Vogel flatterte Harris Herz gegen die Rippen. Diesmal geht's uns an den Kragen, jagte ihm durch den Kopf. Diesmal geht's nicht um Lappalien wie kaputte Lampen oder besoffene Möwen. Jetzt ist die Kripo hinter uns her.

Fünf Gesichter wandten sich ihm zu, in den Augen die Wonne darüber, dass es einen gab, der noch keine Ahnung hatte.

»Sag bloß, du weißt es noch nicht?« Enno brachte eine heuchlerische Mitleidsmiene zustande. Endlich passierte mal was auf dieser öden Insel, und Harri, der Dösbaddel, bekam davon nichts mit. Gern hätte er seinen Wissensvorsprung noch etwas ausgekostet, aber Jette funkte ihm dazwischen.

»Wanda ist tot«, sagte sie betrübt. Mit Daumen und Mittelfinger zupfte sie an der Haut ihres linken Handrückens ungefähr dort, wo ein Haufen ekliger Warzen wie Seepocken gesessen hatte. Nichts hatte etwas genutzt.

Keine ätzenden Flüssigkeiten, keine eisigen Sprays. Erst Wanda hatte gemacht, dass Jettes Hand nicht mehr aussah wie eine Warzenschweinpfote.

»Ermordet, wie's aussieht«, beeilte sich Enno zu verkünden, bevor ihm jemand diese dramatische Nachricht auch noch wegschnappte.

»Das sagst du!« Auf Wiesels Stirn ragten zwischen den dunklen Augenbrauen zwei steile Falten hoch zur Stirn. Mit einem Stock bohrte er Löcher in den Sand, ganz gleichmäßig eins neben dem anderen, und sah Enno nicht an. Aber der Zweifel an dessen Mordtheorie war unüberhörbar.

»Warst du da draußen oder ich?« Ennos Stimme vibrierte beleidigt und empört zugleich. Etwas Respekt konnte er schließlich erwarten. Vor seinem Wissen und davor, wie schnell und entschlossen er gehandelt hatte, als die ersten Gerüchte im Dorf kursierten. Von der Leistung ganz zu schweigen, bei der Affenhitze am Vormittag zum Swanti zu sprinten. Er dachte an das erregte Gebrummel und Gemurmel der Menschentraube, auf die er zugelaufen war. So weit es ging, hatte er sich hineingedrängt und war tatsächlich bis zum Absperrband vorgedrungen. Grade mal knöchelhoch klemmte es quer über den Strand zwischen Steinen, ganz weich und schlaff von der Sonne. Man hätte glatt drüberwegmarschieren können, hätte da nicht einer gestanden und es bewacht. Ein Typ in Polohemd und Shorts, der sich wichtigmachte und »Betreten verboten – polizeiliches Sperrgebiet« schnauzte, sobald jemand der rot-weißen Linie zu nahe kam. Bis zuletzt hatte Enno ausgehalten. Bis das Polizeiboot in weitem Bogen Richtung Enddorn davonfuhr. Bis das Unwetter losbrach und er sich fast in die Hosen gemacht hätte vor Angst, von einem Blitz aus Wandas Rachegewitter erschlagen zu werden. »Sie lag ja nicht unter einer Maschine oder so. Sie lag am Strand! Und wenn einer so zerhackt und zerstochen ist, dass man ihn kaum noch erkennt, dann wird's ja wohl Mord gewesen sein.« Alle, die am Absperrband gestanden hätten, waren sich darüber einig gewesen.

Harri, der sich endlich zwischen Mikka und Wiesel gequetscht hatte, war froh, dass er saß.

Zerhackt und zerstochen!

Er war nicht der Einzige, der die Augen entsetzt aufriss. Es dauerte eine Weile, bevor er begriff, vom wem die Rede war. Als wenn es mehrere Wandas auf der Insel gäbe. Es gab nur die eine, und gerade er musste das wissen. Es war nicht in Ordnung, dass er auch jetzt wieder der Ahnungsloseste war. Der, dem niemand was sagte, es sei denn, er sollte in der Gegend herumgeschickt werden. Der als Letzter erfuhr, was ihn mehr als andere anging.

»Und jetzt?« Tom kratzte sich am Kopf, dass es knirschte. Vom vielen Baden sah sein Haar im Sommer immer ganz verfilzt aus. »Ich meine, es ist ziemlich schrecklich und so. Aber für uns eigentlich gut, oder? Wenn die Bullen hinter einem Mörder her sind, werden sie ja wohl nicht nach uns suchen.« So konnte Gras über die Sache wachsen und sie kamen vielleicht mit einem blauen Auge davon. Er pulte einen Rest roter Farbe von seinem Knie und fühlte sich mies, weil er trotz Wandas grausigem Tod nur an sich selbst dachte.

»Könnte was dran sein.« Wiesel schürzte nachdenklich die Lippen und dachte nach. Nach Enno war er der Älteste, fast vierzehn, und sein Wort galt etwas. Dessen war er sich so bewusst, dass die Pause länger als nötig ausfiel. Er ließ seinen Blick von einem zum anderen wandern, um sich zu vergewissern, dass alle hören wollten, was er zu sagen hatte. »Den Mörder zu finden ist jetzt das Wichtigste. Für die Kripo sowieso, für alle andern aber auch. Bis der nicht geschnappt ist, machen die nix anderes. Verfolgen alle Spuren, die sie finden, reden mit jedem, der was wissen könnte.« Er gab seinen Worten damit Nachdruck, dass er ein paar Mal bedächtig nickte.

»Aber was ist, wenn sie denken, wir wissen was?« Harri spürte fünf verdutzte Augenpaare auf sich ruhen und wurde rot.

Ausgerechnet Harri war darauf gekommen, dass die Polizei womöglich auch sie befragte. Und ein solches Verhör konnte ungemütlich werden. Sehr ungemütlich. Auch das sah man oft genug im Fernsehen.

»Dann kommt's drauf an, dass alle die Klappe halten.« Wiesels Blick blieb an Harri hängen und bohrte sich fest. »Wirklich alle!«

* * *

»Wirklich alle!« Harri wusste nicht, was ihn mehr wurmte. Dass die anderen ihn wie eine Memme behandelten oder dass er unter ihren Blicken rot geworden war. Als ob sie Recht hätten. Er war keine Petze, auch wenn Wiesel das hundertmal behauptete.

Er kickte ein Stück Treibholz mit so viel Schwung vor sich her, dass es ein paar Meter weit flog, bevor es am Fuß der Strandtreppe liegen blieb. Missmutig sah er die Stufen zwischen Strand und Hochland empor. Früher waren sie aus Holz gewesen, aus hellgrau verwitterten rauen Brettern, von denen sich Splitter lösen und in weich gebadete Füße bohren konnten. Die neue Treppe war aus Kunststoff, der aussah wie geschmolzene Autoreifen, glatt und teerschwarz.

Die Vorstellung, jetzt dort hinaufsteigen zu müssen, weg vom Wasser und in die Hitze zwischen Häusern und Hecken, machte ihn noch zorniger.

Warum hatte er keine reichen Eltern wie Enno? Oder eine spendable Oma? Warum musste ausgerechnet er fremder Leute Zäune streichen, um sich ein paar Kröten zu verdienen?

Neidisch guckte er den anderen hinterher. Weit waren sie noch nicht gekommen, weil sie mehr im Zickzack als geradeaus liefen. Sich bufften und schubsten und vor Jette produzierten, damit sie erkannte, wie stark und supertoll sie waren. Das würde die ganze Strecke bis zum Seedeich so gehen, bis sie ihre Siebensachen irgendwo in den Sand warfen und im Wasser weitertoben würden. Am liebsten Reiterkampf, weil Jette nichts dabei fand, sich in die Schlacht tragen zu lassen. Wer das Glück hatte, sie auf den Schultern zu haben, konnte ihre langen, spillerigen Beine spüren. Am Hals, unter den Armen, am Brustkorb entlang bis zu den Flanken, auf die sie mit den Hacken wie auf einen störrischen Esel einhieb.

Harri seufzte. Noch mehr als sonst schien ihm das Gute in der Welt ungerecht verteilt. Sehr ungerecht. Er fühlte es wie einen körperlichen Schmerz. Ein fieses Ziehen im Bauch und Herzklopfen, das mit jeder Treppenstufe heftiger wurde. Als er auf dem Hochuferweg anlangte, ging sein Atem schnell wie nach einem Dauerlauf und auf seinem Gesicht lag ein Schweißfilm.

Dass ihn der Weg, auf dem er mit grimmigen, schweren Schritten durch den Wald trabte, direkt zu Wandas Haus führte, wurde ihm erst bewusst, als er davorstand.

Zerhackt und zerstochen!

Der Gedanke kam mit großer Wucht und füllte seinen Kopf für einen Augenblick vollkommen aus. Aber je länger er über das Tor hinweg in den Garten starrte, desto lauter meldeten sich Zweifel an Ennos wüster Geschichte.

Wo, bitte schön, wimmelte es hier von Polizisten? Kein Mensch weit und breit, der sich für Wandas Haus interessierte. Wenn er lange genug hier stehen blieb, ginge bestimmt irgendwann die Tür zwischen den beiden Rosenbüschen auf und Wanda käme heraus. Er sah sie praktisch schon auf sich zukommen und ihn fragen, ob er zu ihr wolle.

»Nein«, würde er dann sagen. »Ich bin nur hier vorbeigekommen. Eigentlich muss ich bei Mantheys den Zaun streichen und bin schon ziemlich spät dran.«

»Dann aber dalli, mein Junge«, würde sie ihn ermahnen. »Es ist nicht schön, wenn du zu spät kommst.«

Ein Geräusch scheuchte Harri aus seinen Gedanken auf. Vom Waldrand kamen die Schreie eines Eichelhähers. Sein Gezeter verfolgte ihn, bis er an der Gartenpforte der Mantheys ankam. Er fuhr sich mit gespreizten Fingern durchs Haar, obwohl es zu kurz war, um ungekämmt zu wirken. Er zog sein T-Shirt ordentlich glatt und holte tief Luft. Dann betrat er das Grundstück.

Es dauerte, bis auf sein Klingeln geöffnet wurde. Zwei, drei Minuten, in denen Harri sich umsah. Beim Anblick des Zauns verging ihm die Lust, überhaupt anzufangen. Fünfzig Euro hin oder her. Es würde Tage dauern, die endlose Reihe von Latten und Querhölzern zu streichen.

Die kleine Hoffnung, es könnte niemand da sein, machten Schritte im Hausinnern zunichte. Kurz darauf öffnete sich die Tür.

»Da bist du ja. Wir haben schon fast nicht mehr mit dir gerechnet.«

Harri entdeckte die Spur eines Lächelns in Armin Mantheys Gesicht. Halb so schlimm also, dass er fast zwanzig Minuten zu spät kam. Trotzdem war ihm unbehaglich zumute. Manthey blieb zwei Stufen über ihm in der Haustür stehen und Harri fühlte sich durch kleine, schwarzgerandete Brillengläser gemustert.

»'Tschuldigung auch.« Weil Harri zerknirscht den Kopf senkte, gerieten Mantheys Füße in sein Blickfeld. Sie steckten in Schlappen, wie Harri sie von Frauenfüßen kannte. Flip-Flops. Jette zum Beispiel hatte welche aus quietschgrünem Plastik. Diese waren aus braunem Leder und sahen gut aus zu Khaki-Shorts und weißem Polo-Hemd. Der ganze Mann sah gut aus, fand Harri. Zwar nicht unbedingt schlank, aber groß und muskulös, welliges dunkelblondes Haar, in dem es über der Stirn ein paar dünne graue Strähnen gab.

Dagegen kam Harri sich schäbig vor. Sein T-Shirt ebenso ausgeblichen wie die Shorts vom Vorjahr, die Turnschuhe so rissig, dass sie grau wirkten. Sein igeliger Putz war das Werk seiner Mutter. Alle paar Wochen griff sie zu Kamm und Schere und schnippelte auf seinem Kopf herum, bis beide mit dem Ergebnis leidlich zufrieden waren.

Manthey beendete seine eingehende Musterung und kam zum Geschäftlichen. »Ich nehme an, dein Vater hat dir gesagt, was du tun sollst.«

Harri nickte. »Den Zaun streichen.« Außerdem: sich anständig benehmen. Nicht vorlaut sein, keine Widerworte. Ordentliche Arbeit abliefern. Harri hatte die Litanei noch im Ohr.

»Genau. Und wenn du das vernünftig machst, anschließend auch noch den Schuppen. Aber darüber reden wir, wenn's so weit ist. Fürs Erste wirst du mit dem Zaun genug zu tun haben.«

Manthey zog die Haustür ins Schloss. Dass er ihm auf dem Weg hinters Haus die Hand auf die Schulter legte, war Harri unangenehm. Zu kumpelhaft. Zu vertraulich. Trotzdem wagte er nicht auf Abstand zu gehen. Und er verzog keine Miene, als Manthey die beiden Flügel der Schuppentür öffnete.

Den Saustall nannte sein Vater, worauf sie blickten. Nur die Geräte, die er benutzte, lehnten in Reih und Glied neben dem Eingang. Harken, Spaten, Rechen, Sense, Sichel. Alles andere war ein heilloses Durcheinander. Harri sah zwei Ruder, einen Außenbordmotor mit abgebrochener Pinne, alte Gartenmöbel, leere Pflanzgefäße. Einen Rasenmäher, so gut wie neu, aber in erbärmlichem Zustand. Was auf der Werkbank stand, war achtlos zur Seite geschoben, um Platz für die Maler-Utensilien zu schaffen. Drei Pinsel in verschiedenen Größen, noch in Folie eingeschweißt. Ein Packen Schmirgelpapier, Drahtbürsten. Auf dem Boden unter der Werkbank drei Fünfliterkanister Holzschutzlasur, daneben leere Konservendosen zum Umfüllen. Manthey hatte an alles gedacht.

»Zeitungspapier, damit das Gras unterm Zaun keinen Schaden nimmt.« Er stupste mit dem Fuß gegen eine Obstkiste voller Altpapier. »Und irgendwo muss noch eine Fußbank sein.« Sie fand sich unter einem Haufen staubiger Jutesäcke.

»Damit wäre deine Ausrüstung wohl komplett. Noch irgendwelche Fragen?«

Harri schüttelte den Kopf.

»Na dann«, sagte Manthey und boxte ihm lächelnd gegen die Schulter. »Frohes Schaffen, junger Mann.« Er ging zum Haus zurück, ohne sich noch einmal umzudrehen. Sobald er aus Harris Blickfeld verschwand, war auch das nasse Klatschen von Flip-Flops an nackten Füßen nicht mehr zu hören.

Harri sah, wie sich die Gardine im Erdgeschossfenster bewegte, als habe dort bis jetzt jemand gestanden und ihnen zugesehen.

5

Der Mann tigerte im Garten auf und ab. Vom unteren Zaun am Bodden hinauf zur Pforte an der Straße und wieder zurück. Jedes Mal, wenn er am Gartentisch vorbeikam, bat seine Frau ihn, sich endlich hinzusetzen. Ganz nervös mache sie sein Hin- und Hergerenne.

Er konnte nicht. Er musste in Bewegung bleiben, sonst wurde der Druck so stark, dass er fürchtete, in der nächsten Sekunde die Fassung zu verlieren.

Am liebsten hätte er laut gebrüllt. Oder auf irgendetwas so lange eingeschlagen, bis die Bilder in seinem Kopf sich auflösten.

»Na, endlich«, knurrte er, als der Streifenwagen vor dem Grundstück hielt. »Wurde ja langsam auch Zeit«.

»Clemens, bitte …« Die Augen seiner Frau huschten besorgt zur Schnapsflasche neben seiner Kaffeetasse. Schnaps machte ihn schon an normalen Tagen schnell aggressiv. Und dieser Tag war ja wohl alles andere als normal. Es wäre besser gewesen, er hätte auch eine der Tabletten genommen, die der Arzt ihnen dagelassen hatte. Sie jedenfalls war davon ganz ruhig geworden. Fast schon gleichmütig. Trotzdem war ihr Gesicht scheckig und verquollen vom Weinen.

Clemens und Ina Meier aus Zwickau.

Pieplow vergewisserte sich in seinem Notizbuch, dass er sich richtig erinnerte, dann betrat er hinter Schöbel den Garten.

Schöbel begrüßte die Meiers mit Handschlag. »Idyllisch haben Sie es hier«, sagte er. Seine Stimme war ruhig und fest, sein Blick ging entspannt über das Panorama, über die uralten Kopfweiden am Rande des Schilfs, die silberblauen Wasserbuchten im Nachmittagslicht. »Wirklich schön.«

»Noch schöner wär's, wenn man nicht hier festgenagelt wäre, weil man sich der Polizei zur Verfügung halten soll.« Clemens Meier sah Schöbel herausfordernd an. So schnell wollte er sich nicht besänftigen lassen. Nach vier war es inzwischen. Ein ganzer Ferientag vergeudet, nur um auszusagen, dass sie nichts wussten. Dass es ein verfluchter Zufall gewesen war, der sie über eine Leiche und eine Halbverrückte hatte stolpern lassen.

»Tut mir leid, dass Sie warten mussten.« Schöbel blieb gelassen. »Aber Sie wissen sicher, dass am Anfang einer Ermittlung einige Dinge keinen Aufschub dulden.«

Die Meiers nickten stumm. Darüber wussten sie Bescheid. Sah und hörte man schließlich oft genug im Fernsehen. Worauf sie das Fernsehen jedoch nicht vorbereitet hatte, war die unmittelbare Gewalt der Bilder, die sie seit heute Morgen verfolgten und sich nicht vertreiben lassen wollten.

Die Frau begann wieder zu weinen. Der Mann trat unruhig auf der Stelle. Die Arme hielt er abweisend vor der Brust verschränkt. Unwillig schüttelte er den Kopf, als Schöbel ihn bat, sich doch mit an den Tisch zu setzen. Am liebsten hätte er seine Wanderung durch den Garten wieder aufgenommen.

Schöbel ließ ihn gewähren. »Erzählen Sie einfach«, forderte er ihn auf. »Von Anfang an. Wann Sie hier aufgebrochen sind, welchen Weg Sie genommen haben. Was Sie gesehen haben.« Er nickte den beiden aufmunternd zu.

»Was gibt's da groß zu erzählen?« Clemens Meier klang noch widerborstig. Aber er fasste nach der Lehne des Gartenstuhls, zog ihn zu sich heran und setzte sich schließlich. »Wir wollten unsere Steilküstenwanderung machen, das ist alles. Jedes Jahr laufen wir mindestens einmal die Strecke unten am Wasser. Das ist eins unserer Hiddensee-Rituale und gehört einfach dazu, Absperrungen hin oder her. Hält sich doch sowieso keiner dran. Und passiert ist auch noch nie etwas.« Die letzten Sätze hatte er in Pieplows Richtung gesprochen und schien jetzt auf Einwände zu warten. Dass jedes Jahr tonnenweise Erdreich aus den Steilwänden brach. Zum Beispiel. Und dass es sehr wohl gefährlich war, unten am Kliff entlangzulaufen. Lebensgefährlich.

Aber darum ging es jetzt nicht.

»Stimmt«, bestätigte Pieplow deswegen nur, »hier bei uns hat es bisher keine Unfälle an der Steilküste gegeben.«

»Na bitte«, sagte Clemens Meier so zufrieden, als sei eine fruchtlose Debatte damit beendet. In seiner Stimme lag hörbar mehr Selbstsicherheit. »Wir sind früh los, meine Frau und ich. Gegen sieben, oder?«

Ina Meier nickte Zustimmung. »Es sollte über Mittag ja wieder so heiß werden, deswegen sind wir …«

»Wir sind also früh los«, unterbrach sie ihr Mann, »und alles war wie immer. Das Meer, die Seeschwalben, das Steilufer. Jedenfalls so lange, bis wir fast da waren, wo …« Er stockte, als schreckte er vor dem zurück, was er jetzt aussprechen sollte. Aber dann riss er sich zusammen und redete weiter. »Der Swanti ragt dort ziemlich weit vor, wissen Sie. Er steht gewissermaßen mit einem Fuß im Wasser. So konnten wir nicht sehen, was in der Bucht dahinter los war. Wir sahen nur, wie die Möwen dort hinschossen. Wie bei Hitchcock, sag ich Ihnen.« Seine Hand machte eine steile Abwärtsbewegung. »Ein bisschen beunruhigt hat uns das schon, besonders meine Frau. Deshalb bin ich ein paar Schritte vor ihr gegangen und hab mit den Armen gefuchtelt, um die Viecher zu verscheuchen. Und dann …« Er schüttelte ungläubig den Kopf. »Mit so was rechnet doch kein Mensch … Ich meine …« Sein ratloser Blick ging zwischen Schöbel und Pieplow hin und her. Es schien, als halte er den inneren Film an, um nicht ansehen zu müssen, was jetzt kam. Zwei, drei Schritte musste er in diesem Film noch tun, dann stand er inmitten der entsetzlichen Bilder, die er am liebsten löschen würde. Er beugte sich in seinem Stuhl vor und stützte die Ellenbogen auf die Oberschenkel.

»Wissen Sie, was ich dachte?« Er starrte mit gesenktem Kopf vor sich hin. »Ich dachte, sie hat sie erschlagen. Mit diesem Knüppel, den sie umklammerte, erschlagen und dann notdürftig verbuddelt. Eine Irre, dachte ich, die gleich auf mich losgeht und … Scheiße, Mann! Sie glauben gar nicht, was ich für eine Scheißangst hatte!« Er verbarg sein Gesicht in den Händen.

»Sie sind aber trotzdem geblieben«, stellte Schöbel anerkennend fest.

»Das bin ich, ja. Obwohl ich am liebsten abgehauen wäre. Ich hab meine Frau zurück hinter den Swanti geschickt und dann 110 gewählt. Mir wäre beinah noch das Telefon ins Wasser gefallen, so haben meine Hände gezittert.« Er streckte die Arme aus und spreizte die Finger. Sie waren jetzt vollkommen ruhig. »Die Frau hab ich nicht aus den Augen gelassen. Aus sicherer Entfernung, versteht sich, obwohl sie keine Anstalten machte, sich auf mich zu stürzen oder so. Aber sie war mir unheimlich, wie sie da saß, wirres Zeug redete und immer mal mit diesem Knüppel in der Luft herumfuhrwerkte. Ich war heilfroh, als noch andere Urlauber auftauchten und ich da draußen nicht mehr allein war. Ihr hattet ja die Ruhe weg. Genau siebenundvierzig Minuten hat's gedauert, bevor überhaupt was von euch zu sehen war. Das ist 'ne Menge Zeit, wenn dir die Muffe eins zu tausend geht.« Er sah Pieplow vorwurfsvoll an. Doch dann löste sich ein Atemzug, lang und heftig, wie ein Prusten durch die fast geschlossenen Lippen, und er konnte sich entspannt zurücklehnen. Der Druck in seinem Kopf ließ nach, als hätte jemand ein Ventil geöffnet. Reden hilft, hatte der Doktor gesagt. Recht hatte der Mann. Reden schien tatsächlich zu helfen.

»Na klar doch«, sagte er deswegen jovial, als Schöbel ihm erklärte, dass seine Aussage noch schriftlich zu Protokoll genommen werden musste.

* * *

Schöbel hätte gern geraucht. Wie ein Taschenspieler drehte und wendete er die Zigarettenpackung nervös mit der linken Hand, während er telefonierte.

Sie saßen wieder im Wagen. Im Rückspiegel wurden die Häuser von Grieben kleiner und verschwanden hinter der nächsten Straßenbiegung ganz.

Zehn vor fünf zeigte die Uhr im Armaturenbrett. Weil in den nächsten Minuten in Kloster die letzten Nachmittagsschiffe für die Tagesgäste ablegten, war nur noch wenig Betrieb auf den Straßen. Am Hafenweg standen die Kremser in Reih und Glied neben den Scheunen. Nach getaner Ausflugsarbeit waren die Zugpferde ausgespannt und auf den Weiden ringsum in die Freiheit entlassen. Bis zum Waldsaum im Hochland hinauf sah Pieplow sie in der warmen Nachmittagssonne grasen.

»Gut … Ja … Lässt sich nicht ändern. Ach …« Die Bruchstücke von Schöbels Gespräch mit Böhm verrieten nichts über den Inhalt. »Hat ja keiner wissen können … Das machen wir … Nein … Wir sind auf dem Weg zu … Wie heißt sie doch gleich?«

»Burgwald«, soufflierte Pieplow. »Anita Burgwald.«

»Genau. Anschließend können wir … Unterbrich mich nicht dauernd! … Ja, gut. Bis dann.« Schöbel schnaubte entnervt, als er das Telefon ausschaltete. »Es ist ein Kreuz mit dem Mann. Dabei ist er gut. Ein echter Fuchs, solange er auf irgendwelchen Datenbahnen unterwegs ist. Aber sonst … Na, Sie kennen ihn ja.«

Allerdings, dachte Pieplow. Er war mit Böhm noch nie klargekommen.

Sie hatten Kloster durchquert und fuhren auf Vitte zu. In einen der ersten Sandwege rechts mussten sie einbiegen.

»Sagt Ihnen der Name Graber etwas?«, fragte Schöbel, während sie nach dem Bungalow der Burgwalds Ausschau hielten.

Pieplow nickte. »Wenn Sie die Grabers in Kloster meinen – die kenne ich. Was soll mit denen sein?«

»Böhm sagt, eine Marlies Graber hat sich gemeldet und wissen wollen, wer die Tote ist. Wanda Sieveking sei ihre Tante gewesen. Böhm hat ihr am Telefon natürlich keine Auskunft geben können. Da werden wir also nachher noch hinfahren müssen.«

Pieplow verzog das Gesicht, als habe er auf etwas Bitteres gebissen. Wer immer auch den Namen der Toten gekannt und ihn hinausposaunt hatte, er hatte dafür gesorgt, dass sich die Nachricht in Windeseile verbreitete. Ihm schwante nichts Gutes, wenn er daran dachte, in welch schauerlichem Gewand sie ihren Weg über die Insel nehmen mochte.

Am Wegrand winkte sie ein gedrungener Mittfünfziger zu sich heran.

»Ich nehme an, Sie wollen zu meiner Frau. Burgwald ist mein Name. Siegfried Burgwald.« Er begrüßte sie mit festem Händedruck. »Sie sitzt hinter dem Bungalow. Ich zeige Ihnen den Weg.«

»Wie geht es ihr denn?«, erkundigte sich Schöbel.

»Es hat sie ziemlich mitgenommen, auch wenn sie es nicht zeigen will.« Burgwald verzog besorgt das Gesicht. »Sie ist ganz gewiss nicht zimperlich, aber das heute Morgen … Das steckt wohl keiner so leicht weg.«

Seit man ihm seine Frau nach Hause gebracht hatte, versuchte er zu tun, was der Arzt ihm geraten hatte. Sie in Ruhe, aber nicht aus den Augen lassen. Zuhören und es aushalten, wenn sie schwieg. Darauf achten, dass sie genug trank. Besonders geschickt war er in diesen Dingen nicht, aber er tat sein Bestes.

Der Deich versperrte die Sicht aufs Meer. Aber vom Strand schwappten Juchzen und Kreischen herüber. Spitze fröhliche Schreie. Geräusche wie aus einem Vergnügungspark. Näher konnte man nicht am Strand wohnen, noch dazu mit einem schmalen Pfad über die Dünenkuppe als Privatzugang. Dafür nahmen die Burgwalds in Kauf, dass ihr Bungalow eher einem weiß getünchten Schuppen glich.

Sie saß mit dem Rücken zu ihnen, den Blick in den Himmel über dem Deich gerichtet. Burgwald legte ihr behutsam eine Hand auf die Schulter. Trotzdem zuckte sie zusammen, als habe er sie erschreckt.

»Die Polizei ist jetzt da. Sie wollen mit dir reden.« Er sprach mit leiser, behutsamer Stimme. »Meinst du …«

»Lass nur, es geht schon.« Sie drehte sich unter seiner Hand weg, indem sie sich zu Schöbel und Pieplow umwandte. »Sie müssen schon mit den Plätzen hier draußen vorliebnehmen.« Sie machte eine einladende Geste zu zwei Gartenstühlen ihr gegenüber. »Drinnen ist es so eng, dass schon wir beide uns gegenseitig auf den Füßen herumstehen.«

Das war keineswegs übertrieben. Durch das offene Fenster sah Pieplow zwei Betten, einen schmalen Tisch mit Kochplatte und Kaffeemaschine, in der Ecke neben der Tür ein winziges Waschbecken. Ein Quartier, wie es sie immer noch häufig auf der Insel gab. Eins für Leute, die nichts brauchten als ein Dach über dem Kopf und ein Bett für die Nacht. Für Urlauber wie die Burgwalds, denen die Insel das Wichtigste und alles andere nebensächlich war.

Vorsichtig näherte sich Schöbel dem, was er wissen wollte. Stellte sich vor, verlor ein paar Worte über den sonnenwarmen Platz, an dem sie saßen, und ließ seine Blicke über die Wiese schweifen. Er erfuhr, dass die Burgwalds seit vierunddreißig Jahren hierherkamen. Jedes Jahr mindestens einmal und, solange noch ihr Junge mitgefahren war, sogar zu dritt. Immer in dieses Quartier, das tatsächlich ein Schuppen gewesen war und erst seit ein paar Jahren die großen Fenster hatte.

»Wenn man jung ist und schlafen kann wie ein Murmeltier, ist das gar kein Problem.«

Aber jetzt ist es eins, dachte Pieplow, als er sah, wie Siegfried Burgwald begütigend die Hand seiner Frau tätschelte. Jetzt schläft sie nicht mehr gut, und ihr fällt die Decke auf den Kopf, wenn sie wach liegt. Also läuft sie schon im Morgengrauen über die Insel.

Ihm fiel auf, wie sehr sich die Burgwalds ähnelten. Beide groß und kräftig, beide mit vollen, wohlgenährten Gesichtern, in denen sich trotz der Bräune feine bläuliche Adern abzeichneten. Sein früher wohl schwarzes Haar war fast grau und hatte den gleichen Farbton wie ihr dauergewelltes, das sie mit einem breiten Band aus der Stirn hielt.

»Aber Sie sind ja nicht hier, um sich nach Vorzügen und Mängeln unserer Unterkunft zu erkundigen«, sagte sie. Es klang, als habe sie einen Entschluss gefasst. Als sei sie es gewohnt, der Realität ins Auge zu sehen, und finde, es sei jetzt lange genug um den heißen Brei herumgeredet worden. Zeit, das Unvermeidliche hinter sich zu bringen.

Um Viertel vor sechs, noch eher als sonst, war sie aufgebrochen und keiner Menschenseele begegnet. Hatte das Meer im Morgenlicht ganz für sich allein gehabt. Den Blick auf Møn, das im Dunst über der Horizontlinie zu schweben schien. Den Blick auf die Schiffe in der Fahrrinne nach Rostock. Sie war in die dämmrige Stille des Hochwalds getaucht und hatte kurz vorm *Klausner* ihre Route geändert.

»Eigentlich wollte ich oben bleiben. Am Leuchtturm vorbei, über den Swanti zum Enddorn und dann auf den Bessin. Ich gäb was drum, wenn ich dabei geblieben wäre. Aber nein, ich musste ja ans Wasser …« In ihrem Blick zu Schöbel lag der Vorwurf, den sie sich selbst machte. Warum hatte sie sich entschieden, über die Klausner-Treppe hinunter ans Wasser zu gehen? Warum hatte sie keine Pause gemacht? Sich nicht auf einen der großen Steine gesetzt und sich von der aufkommenden Brise kühlen lassen?

Warum war sie weitermarschiert, als versäume sie etwas Wichtiges, wenn sie nicht zügig vorankam? Über Geröll und Sandabbruch. Durchs Wasser, wo der schmale Strand unwegsam war. Am immer höher aufragenden Steilufer entlang.

Als sie den Kopf hob, sah sie die Wand des Swanti hoch und steil vor sich aufragen. Davor einen großen Schwarm Möwen. Laut keifend mit Schreien, die wie Warnung und Schlachtruf zugleich klangen.

Was es war, worauf sie unablässig in pfeilschnellem Sturzflug niederstießen, erkannte sie nicht.

Wollte es nicht erkennen. Auch nicht, nachdem sie die nächsten Schritte getan hatte.

Bitte nicht, flehte sie. Bitte nicht!

Ich will nicht. Ich will nicht hingehen und nachsehen, was dort liegt. Ein Tümmler vielleicht. Eine Robbe. Ein Schaf. Ein Kalb.

Du musst! Die innere Stimme war deutlich und scharf. Tümmler und Robben haben keine Arme. Schafe und Kälber auch nicht.

Das, was dort bleich mit wie zu einer letzten Berührung gespreizten Fingern im Sand liegt, kannst du nicht den Möwen zum Fraß überlassen.

Sie starrte auf die Tote, von der die Vögel nicht abließen. Wie in einem Panzer gelähmt stand sie vollkommen still, bis etwas die Regie übernahm, das sie nicht kannte. Das wie eine Maschine arbeitete. Dem das zerstörte Gesicht und die bleiche Kälte des Körpers egal war. Das mechanisch Stein um Stein auf den Leichnam packte und dann warten konnte, bis an dieses Weltende Hilfe kam.

»Je länger ich da saß, umso unwirklicher wurde alles. Die Geräusche, die Farben … Es war, als würde ich mich auflösen … Auflösen und von einem Strudel ins Nichts gezogen …«

Anita Burgwald war anzumerken, wie sehr ihr die Erinnerung zusetzte. Sie tastete über die Bernsteinkette an ihrem Hals, als suche sie Trost bei einem Talisman. Es kostete sie Überwindung weiterzusprechen. »Das Schlimmste war ihre Stimme. Ich hörte die ganze Zeit ihre Stimme. Genau so, wie sie im wirklichen Leben war. Ruhig und fest und zuversichtlich. Trotzdem hab ich mich zu Tode gefürchtet. Es war wie ein schrecklicher Traum, aus dem ich einfach nicht herausfinden konnte.« Sie lächelte unsicher. Die Scham darüber, sich wie eine Wahnsinnige aufgeführt zu haben, war stärker als die Erinnerung an die Angst.

Schöbel nickte verständnisvoll. »Bei einem Schock kann die Grenze zwischen Phantasie und Wirklichkeit schnell brüchig werden. Es ist, als ob die Realität sich auflöst.«

Anita Burgwald seufzte dankbar. So ungefähr hatte es sich angefühlt.

»Sie kannten die Tote, nicht wahr?« Die Schlussfolgerung lag nahe. Woher sonst sollte Anita Burgwald wissen, wie Wandas Stimme klang.

»Ja, natürlich. Habe ich das nicht gesagt?«

Pieplow verneinte mit einem Kopfschütteln. Er brauchte nicht erst in sein Notizbuch zu sehen. Davon, dass die Frauen sich gekannt hatten, war nie die Rede gewesen.

»Seit Jahren gehe ich zu ihr. Sehen Sie ...« Anita Burgwald streckte beide Hände über den Gartentisch. Die Finger waren rot und knotig an den Gelenken. »Arthritis, sehr schmerzhaft. Aber seit ich zu Wanda gehe, kann ich es aushalten.« In Zukunft würde sie die Schmerzen wieder ertragen müssen. Als ihr das bewusst wurde, füllten sich ihre Augen mit Tränen.

Betretenes Schweigen machte sich breit. Pieplow trank einen Schluck von dem Kaffee, der kalt und bitter in seiner Tasse vor ihm stand. Schöbel räusperte sich.

Siegfried Burgwald stützte sich schwer auf den Tisch, um aufzustehen. Er wollte, dass sie gingen. Dass sie seine Frau in Ruhe ließen und sie aufhörte zu weinen. »Sie muss auf andere Gedanken kommen, das sehen Sie doch.« Er wolle nicht unhöflich sein, aber jetzt war es genug.

»Hat denn niemand gesehen, wie es passiert ist?« Burgwald stellte die Frage erst, als sie außer Hörweite seiner Frau zum Polizeiwagen gingen.

»Das wissen wir nicht«, antwortete Schöbel, ohne den Blick vom Weg zu nehmen. »Bislang hat sich keiner gemeldet.«

6

Manthey hatte nichts darüber gesagt, wo Harri mit der Arbeit anfangen sollte. Also entschied er, an der Südwestecke des Grundstücks zu beginnen. Möglichst weit ab vom Hügelweg, über den die anderen zur Siedlung hinübergingen, wenn sie bei Jettes Großmutter Waffeln futtern wollten. Oder Eis. Verschiedene Sorten in pferdeapfelgroßen Kugeln. Wenn man wollte, sogar mit Sahne aus der Sprühflasche.

Während Harri seine Arbeitsutensilien auf dem schmalen Stichweg zwischen Mantheys und dem Nachbargrundstück zum Einsatzort schleppte, malte er sich die Genüsse aus, die ihm entgingen.

Er seufzte.

Es war zwar nichts Ehrenrühriges, die endlosen Zaunreihen anderer Leute zu streichen, aber doch besser, nicht dabei gesehen zu werden. Es sei denn, man hatte, wenn die Spötter auf der Bildfläche erschienen, schon etwas vorzuweisen, das ihnen Respekt abnötigte. Ein lässiger Spruch über Arbeit, die ein Klacks war und reichlich Kohle brachte, war ganz klar eindrucksvoller, wenn der größte Teil davon schon erledigt war.

Harri breitete Zeitungspapier aus und schob es unter den Zaun, der so neu war, dass Drahtbürste und Schmirgelpapier fast überflüssig waren. Als er den Kanister öffnete, um sich seine erste Arbeitsportion abzufüllen, sog er den scharfen, chemischen Geruch der Holzlasur ein. Dann begann er zu streichen. Mit jedem Pinselstrich merkte er mehr, wie gut es ihm tat, hier zu sitzen und seine Ruhe zu haben. Seine Gedanken zu ordnen, die wie aufgeschreckte Hummeln durch seinen Kopf schwirrten. Von Wanda und dem Schrecklichen, was mit ihr passiert war. Weiter zu Mama, die bestimmt traurig war und ihn trotzdem trösten würde, wenn er sich wie ein Kleinkind in ihre Arme flüchtete. Was natürlich überhaupt nicht in Frage kam. Zurück zu Wanda. Zu den Erinnerungen, die in ihm aufstiegen. So deutlich und lebendig, dass ihm die Kehle eng wurde und er plinkern musste, damit die Augen nicht so brannten.

Wanda hatte zu seinem Leben gehört, seit er denken konnte. Seine allerersten Wege war er zu ihr gegangen. Ganz allein, ohne seine Mutter oder sonst wen, der ihn an der Hand hinter sich herzog und ihn einen trödeligen Trankopp schalt, den man immer und überall antreiben musste.

Erwachsene hatten es immer eilig, das lernte er früh. Weil sich im Sommer ihr Leben um die Urlauber drehte und im Winter die Zeit kaum reichte, alles für die nächste Saison vorzubereiten.

Wanda hatte keine Gäste. Wanda hatte Zeit.

Für Geschichten von Störtebecker und seinem Versteck in der Hucke, von Zwergen und Hexen, deren Tanzberg er sah, sobald er das Dorf verließ.

Zeit, um am Strand oder im Wald auch das kleinste Wunder noch zu entdecken. Algen, die wie Feenhaar schwebten oder blasig und schwabbelig im Flachwasser dümpelten. Käfer mit furchterregenden Zangen und winzige Ameisen unter der gewaltigen Last ganzer Zweige. Kreisrunde Löcher im Waldboden, aus denen, ehe man sich's versah, Trolle herauskrabbeln konnten. Vielleicht, um einen furchtsamen kleinen Jungen zu erschrecken, vielleicht auch nur, um den Elfen zuzuschauen, die zu tanzen begannen, sobald die Menschen den Wald verließen.

Am Anfang war alles eins gewesen. Seeräuber und Hexen, Elfen und Trolle und die Engel, von denen Wanda erzählte. Michael, der Ritterengel mit dem blauen Lichtschwert, und sein Kumpel Raphael, die zusammen stark genug waren, auch das böseste Böse von Menschen fernzuhalten. Jeremiel, der Prophet, und Uriel, der Helfer in ausweglosen Lagen.

Nach und nach kam Harri dahinter, dass sie es ernst meinte. Nicht mit den Trollen und Elfen, aber sehr wohl mit den Engeln.

»Hör bloß auf mit dem Quatsch!«, hatte sein Vater geschnauzt, als Harri eines Tages beim Abendbrot von Wandas Engeln erzählte.

»Manfred, bitte …«, mahnte seine Mutter so vorsichtig wie immer, wenn sie hoffte, ihr Mann werde friedlich bleiben.

»Manfred, bitte …«, äffte er sie nach. Mit vollem Mund und einem Blick, der nichts Gutes verhieß. »Wenn dir egal ist, womit die alte Hexe dem Bengel das Hirn vernebelt – bitte! Aber mir nicht! Ich will diesen Blödsinn nicht hören, ist das klar?«

Harri duckte sich stumm über seinen Teller. Eben war er noch hungrig wie ein Wolf gewesen, jetzt schmeckte es ihm nicht mehr.

»Antworte gefälligst, wenn ich dich was frage, zum Donnerwetter!«

Harri fühlte, dass seine Stimme klemmte vor Angst. »Ist klar, Papa«, quetschte er heraus. Gott sei Dank laut genug, damit die drei Worte als das durchgingen, was sein Vater eine vernünftige Antwort nannte.

Harri wollte nicht an Streit denken. Nicht an den damals beim Abendbrot, nicht an die vielen kleinen danach und erst recht nicht an den, der schlimmer gewesen war als alle anderen zuvor.

Er setzte seine Fußbank um und zog die Zeitung unter das nächste Zaunstück. Genau an die Stelle, wo eine Lücke in der sonst so dichten Hecke den Blick auf das Haus freigab. Es lag im oberen Teil einer makellosen Rasenfläche, von seinem Vater Woche für Woche perfekt gemäht und an Sommerabenden verschwenderisch aus leise surrenden Sprinklern gewässert. Das breite Strohdach mit den Schmetterlingsgauben war weit über die Hauswand herausgezogen. Es schien mit seinem Gewicht auf den Säulen rechts und links der Veranda zu ruhen, von der drei Stufen in den Garten hinabführten. Zur Symmetrie von Dach und Säulen passten die mannshohen Pflanzen in riesigen Kübeln. Stechpalmen, die so hießen, obwohl sie überhaupt nicht nach Palmen aussahen. Schon gar nicht im Frühjahr, als sein Vater die graugrünen Strünke mit der Sackkarre vom Anleger hier heraufgewuchtet hatte. Jetzt hatten sie Blätter und käsig weiße Blütenkelche und sahen noch immer nicht wie Palmen aus. Mehr wie elefantöse Lilien. Harri musste an Grabgestecke und Friedhof denken.

Wie ein ertappter Spanner zuckte er zurück, als er seine Arbeitgeber auf der Veranda entdeckte. Mit dem festen Vorsatz, Zeitung und Fußbank möglichst bald weiterzurücken, tunkte er den Pinsel tief in die verschmierte Konservendose. Die schwarzbraune Flüssigkeit ploppte eine Tropfenreihe auf das Papier, als er schnell hintereinander drei Zaunlatten strich. Und dann siegte doch die Neugier. Er hob den Kopf gerade so weit, dass er unter hochgezogenen Brauen und in Riffelfalten geschobener Stirn einen unauffälligen Blick riskieren konnte. Auf Manthey, der mit Geschirr hantierte, und auf die Frau im Liegestuhl, der er Kanne und Tasse und Wasserkaraffe in Griffnähe stellte. Er beugte sich hinunter und küsste ihr auf die Stirn wie einer Kranken, bevor er im Haus verschwand.

Genau wusste Harri nicht, was er bei seinem Blick über den Zaun erwartet hatte. Irgendwas, das die Mischung aus Neid und Bewunderung erklärte, mit der sein Vater über die Mantheys sprach. Was Harri sah, fand er weder beneidenswert noch bewunderungswürdig. Höchstens langweilig.

Er zog den Kopf aus der Hecke zurück und rubbelte mit drei Fingern ein Kribbeln aus der Stirn.

Die braune Holzschutzfarbe klebte an seiner Hand. Am Mittelfinger bildete sich dort, wo der Pinsel auflag, eine fette Blase. Er schaute auf die Uhr. Halb sechs. Drei Stunden Arbeit sollten für einen heißen Sommernachmittag reichen.

Er klingelte, um sich abzumelden. Manthey öffnete und lächelte gönnerhaft. »Schon Feierabend, junger Mann?«

»Na ja«, sagte Harri und fühlte sich unbehaglich unter dem spöttischen Blick. Vielleicht waren drei Stunden doch zu wenig gewesen. »Morgen arbeite ich länger«, versprach er. »Aber heute …«

»… hast du noch was Besseres vor. Verstehe.« Manthey zwinkerte kumpelhaft. »Ist sie wenigstens hübsch?«

Harri fühlte sich ebenso ertappt wie missverstanden. »Nein. Also ja … ich meine …«, druckste er herum und spürte, wie sein Gesicht rot anlief. Er wollte nicht unhöflich sein, aber antworten auch nicht. Was ging es Manthey an, warum er nach Hause wollte? »Ich hab die Sachen wieder in den Schuppen gestellt«, wich er aus.

»Dann ist ja alles bestens. Bis morgen, Sportsfreund.« Er boxte Harri leicht gegen die Schulter. »Und viel Spaß bei deinem Rendezvous.« Sein gutgelauntes Pfeifen drang noch durch die zugezogene Eingangstür, als Harri schon kehrtgemacht hatte. Er wollte endlich nach Hause und hätte sich keinen schlechteren Zeitpunkt dafür aussuchen können.

* * *

Auf dem Giebel, von beiden Hausseiten gleich weit entfernt, genau in der Mitte zwischen Erdgeschossfenstern und denen der kleinen Zimmer im ersten Stock stand *Up Friwach*. Frakturbuchstaben auf grauem Putz.

Auf Freiwache kann der Seemann tun, was ihm gefällt. Ganz wie die Sommergäste, in die Wilhelm Carl Graber gerade noch rechtzeitig vor dem ersten großen Krieg investiert und das *Haus Friwach* gebaut hatte.

Nichts außer kargen, hügeligen Viehweiden hatte damals zwischen Haus und dem Meer gelegen, auf dem er als Schiffer und Schmuggler sein Geld verdiente. Mit Stoffen aus England nach Riga. Von dort zurück mit Silber und russischem Balsam. Mit Tabak und Schnaps, in den gerafften Segeln versteckt und vom Zoll gegen einen kleinen Obolus übersehen.

Up Friwach hatte aus Schmugglerlohn sauberes Geld gemacht.

Zwei Kriege und fünf Staatswesen hatte es so glimpflich überstanden, dass es immer noch stattlich wirkte. Fast herrschaftlich. Daran hatte auch der Anbau mit den billigen Fabrikfenstern nichts ändern können, der sich an der Rückseite hinter Flieder und Forsythien versteckte.

Jetzt stand ein Streifenwagen davor. Harri sah ihn, bevor er den Mühlberg ganz erreicht hatte. Abrupt blieb er stehen.

Es gab zwei Möglichkeiten. Die Polizei war seinetwegen da, dann konnte er sich auf einiges gefasst machen. Oder es war wegen Wanda. Was eindeutig schlimmer war.

Viel schlimmer.

Wer nicht weiß, was ihn erwartet, bleibt am besten in Deckung. Schleicht sich an und sondiert die Lage. In den Keller, durch die Waschküche bis zur Tür gegenüber der Küche.

Vorsichtig drückte Harri die Klinke herunter. Er hielt die Luft an, als könnte er auch jedes andere Geräusch verhindern, wenn er nicht atmete.

Sein Vater stand an die Spüle gelehnt. Mit finsterem Blick, die Fäuste in die Seiten gestemmt.

Seine Mutter saß am Tisch. Ihre Schultern zuckten und ihr Gesicht sah aus, als habe sie furchtbare Schmerzen. Hinter der Hand, die sie gegen ihren Mund presste, drang Schluchzen hervor.

Harri hielt es kaum aus in seinem Versteck. Jemand sollte sie trösten. Aber sein Vater rührte sich nicht von der Stelle. Stand nur da und glotzte stur ins Leere.

Keiner sagte ein Wort.

Auch die Polizisten machten keine Anstalten, ihr ein Glas Wasser zu bringen oder sonst irgendwas zu tun, das sie beruhigte. Der Sheriff hockte auf seinem Stuhl und drehte bedröppelt seine Uniformmütze zwischen den Fingern. Auch der in Zivil schwieg. Saß da und wartete, bis das Schluchzen von allein leiser wurde. Was für ein Gesicht er machte, konnte Harri nicht sehen. Nur einen breiten Rücken und einen Hinterkopf mit krausem rötlichen Haar.

»Und es ist wirklich Wanda?« Harri hörte die Hoffnung in der Stimme der Mutter. Womöglich lag hier nur ein furchtbarer Irrtum vor und die ganze Aufregung war umsonst. Es wäre ja nicht das erste Mal, dass niemand wusste, wo Wanda war.

»Ich fürchte, wir müssen davon ausgehen, ja.« Der Rothaarige führte das Wort. Hundertprozentig legte er sich nicht fest, aber er klang seiner Sache ziemlich sicher. »Die Hiddenseer Kollegen haben keine Zweifel, dass es sich bei der Toten um Ihre Tante handelt. Letzte Gewissheit werden wir erst haben, wenn die gerichtsmedizinischen Untersuchungen abgeschlossen sind. Aber, wie gesagt, das ist …«

»Ich will sie sehen!«

Harris Aufmerksamkeit hatte Schöbels Stimme gegolten. Der ruhigen, routinierten Art, mit der sie das Unabänderliche aussprach. Jetzt schnellte sein Blick zu seiner Mutter hinüber. Ihre Entschiedenheit überraschte nicht nur ihn. Auch ihr Mann sah sie verdutzt an. Er ließ die Arme sinken und es schien, als wollte er auf seine Frau zugehen.

»Wir können die Angehörigen natürlich nicht daran hindern«, stellte Schöbel klar. »Aber ich glaube, es wäre kein schöner Abschied. Besser, Sie behalten Ihre Tante so in Erinnerung, wie Sie sie kannten.«

»Was wollen Sie damit sagen?«

Schöbel zögerte einen Moment und atmete tief ein, bevor er antwortete. Es hilft ja nichts, schien dieser Atemzug zu sagen. Immer noch besser, sie erfährt es von mir als in irgendwelchen dramatischen Versionen sonst woher. »Sie ist sechzig Meter in die Tiefe gestürzt. Schon dabei hat sie sich erhebliche Verletzungen zugezogen. Aber bis man sie heute Morgen fand, sind dann noch mehrere Stunden vergangen und so hat Tierfraß den Leichnam noch weiter zerstört.«

Harri riss den Mund auf. Er taumelte in einem stummen Schrei. In letzter Sekunde umklammerte er das Treppengeländer, sonst wäre er rückwärts hinab in den Keller gestürzt.

In der Küche polterte ein Stuhl zu Boden. Jemand rannte. Eine Tür fiel ins Schloss. Trotzdem war das Stöhnen und Würgen aus dem Gästeklo neben dem Eingang so laut, dass es Harri schauderte.

»Das habt ihr ja prima hingekriegt«, hörte er die Stimme seines Vaters. Wütend und vorwurfsvoll. »Nachdem ihr eure Nachricht so überaus vorsichtig überbracht habt, ist es wohl das Beste, wenn ihr jetzt verschwindet.«

Schöbel ließ sich nicht aus der Ruhe bringen. Es gab eine kurze Pause, bevor er sagte: »Es tut uns aufrichtig leid, Herr Graber. Aber wir halten uns wenigstens an die Fakten. Das ist eine Mühe, die sich nicht alle Nachrichtenübermittler machen, das können Sie mir glauben.«

»Und wenn schon. Ich will, dass ihr jetzt geht, damit ich mich um meine Frau kümmern kann.«

Wer's glaubt, wird selig, dachte Harri. Aber es hört sich gut an. Und es erfüllt seinen Zweck. Einem Mann, der sich um seine Frau kümmern muss, würden keine unangenehmen Fragen mehr gestellt.

Er schlich rückwärts die grauen Zementstufen wieder nach unten. Am liebsten wäre er weggelaufen. Zu Wanda, fiel ihm ein, auch wenn das so unvernünftig war wie nur was.

Von dort, wo sie jetzt war, konnte sie ihn nicht mehr trösten. Niemand konnte das. Nicht einmal Wanda.

Vornübergebeugt saß er auf den kalten Stufen, die Arme um den Leib geschlungen, als habe er Bauchschmerzen.

Über sich hörte er Schritte. Dann, dass die Haustür geöffnet und wieder geschlossen wurde. Kurz darauf den Motor des Streifenwagens.

Er rührte sich nicht von der Stelle. Starrte vor sich auf die Wand mit den Garderobenhaken und horchte hinauf in die Küche. Wenn das Geschrei, auf das er wartete, so arg wurde, dass auch Ohrenzuhalten nichts mehr nutzte, würde ihm schon einfallen, wohin.

Etwas an der Wand gegenüber stimmte nicht.

Mit dem Gefühl, in seinem Gehirn komme etwas nicht an, was seine Augen längst gesehen hatten, ließ er seinen Blick noch einmal die Kleiderhaken entlanggleiten. Mamas Gartenkittel. Die Weste, die sie darüber trug, wenn es kalt war. Ein schlammbraunes filziges

Wollding, das früher seiner Großmutter gehört hatte. Daneben seine eigenen Regensachen, ein alter Anorak, eine Öljacke. Dann drei Haken, an denen hing, was sein Vater zur Arbeit anzog. Blaumann, Joppe, Regenhose.

Jetzt wusste er, was er sah. Oder vielmehr, was er nicht sah. Es fehlte die schwedische Jacke, die blaue mit den gelben Streifen an Saum und Ärmeln, so ähnlich wie an den Einsatzjacken amerikanischer Feuerwehrleute.

Harri hatte auch so eine gehabt. Kleiner natürlich, damit sie einem Steppke von fünf oder sechs Jahren passte. Er hatte sie noch getragen, als die Ärmel längst nicht mehr bis zu den Handgelenken reichten, so stolz war er gewesen. Auf sich in seiner Feuerwehrjacke. Auf seinen Vater, der konnte, was keiner der anderen Väter konnte: Einen riesigen Lastzug quer durch Europa lenken. Von Rostock nach Odessa. Von Berlin bis Kiew. Von Leipzig nach Stockholm. Harri war aufgeregt wie noch nie in seinem Leben gewesen, als es hieß, sie durften mit. Mama und er. Ausnahmsweise. Es ging nur nach Malmö und wieder zurück. Die meiste Zeit verbrachten sie auf der Fähre.

Keine Minute dieser Fahrt hatte er vergessen. An das ungeduldige Warten auf dem Parkplatz vor Bergen erinnerte er sich und an die Fahrt zum Fährhafen Sassnitz hoch über popelig kleinen Autos, in die man von oben hineinsehen konnte. Wenn er die Augen schloss und sich zurückversetzte, spürte er das Rumpeln und Rütteln bei der Auffahrt auf die Fähre. Er hörte die Kommandos der Besatzung, das Rufen und Fluchen der anderen Fahrer.

Im Schiffsbauch roch es nach großen Maschinen, nach Schmierfett und Diesel und Gummi.

Von Malmö hatten sie nicht viel gesehen und doch diese Jacken entdeckt. Vor einem Laden für Segler hatten sie gehangen. In riesengroß und sehr klein.

Genau das Richtige für einen Kapitän der Landstraße und seinen Sohn.

So gut gelaunt wie damals war sein Vater lange nicht mehr gewesen. Genau genommen seit dem Tag vor zwei Jahren nicht mehr, als er vor dem verschlossenen Betriebshof gestanden hatte. Schluss und aus für Trans Vineta, für tausend Menschen und dreihundert Lastzüge.

Seitdem war das große fremde Leben seines Vaters zusammengeschnurrt auf Handlangerarbeiten und Rasenmähen in ein paar Inselgärten. Und seitdem war die schwedische Jacke nicht mehr zwischen Stockholm und Odessa unterwegs. Sie kam höchstens, wenn es kühl war, beim Heckeschneiden zum Einsatz.

Sonst hing sie hier an diesem Haken.

Harri spürte plötzlich ein Kribbeln unter der Haut wie von Ameisen, die in seinen Adern hinaufliefen bis zum Hals. Er wusste, wann und wo er die Jacke zuletzt gesehen hatte. Ganz genau sogar, denn sie hatte ihm gestern Nacht einen gehörigen Schrecken eingejagt. Drei Kreuze hatte er gemacht, dass er sich tief genug ins Gebüsch gedrückt hatte, als oben im *Klausner* das Licht noch einmal angegangen war. Sonst hätte sein Vater ihn gefunden. Viel hatte nicht gefehlt. Nur die drei, vier Meter, die zwischen Wald und Gasthaus lagen.

Er hatte kaum zu atmen gewagt und mehr als alles andere gefürchtet, an Ort und Stelle verdroschen zu werden. Sein Herz hatte ihm bis zum Hals geschlagen und seine Knie waren noch quallenweich gewesen, als die Gefahr längst vorüber war. Ein paar Mal hatten die gelben Streifen noch wie große Glühwürmer zwischen den Bäumen aufgeleuchtet, dann waren sie Richtung Hochuferweg verschwunden.

Wo war die Jacke jetzt? Warum war sie nicht dort, wo sie hingehörte?

Die Fragen machten ein komisches Gefühl. Ein Stechen und Bohren hinter den Augen und ein hohes, warnendes Pfeifen im Kopf.

Da war noch etwas, für das es keine Erklärung gab.

Warum hatte sein Vater nicht auf ihn gewartet? Nicht oben in der Küche gehockt, geraucht und getrunken und sich seinen Sohn vorgeknöpft, sobald er die Kellertreppe hochgeschlichen kam?

Hatte er sich die Nacht mit der vergeblichen Suche nach seinem Sohn um die Ohren geschlagen, um dann seelenruhig ins Bett zu gehen?

Er hatte gar nicht nach ihm gesucht! Eine andere Erklärung gab es nicht.

Was in aller Welt hatte er dann aber nachts im Hochland verloren?

7

Mit einem flachen Bogen über Backbord glitt das Motorboot aus dem Hafen. Pieplow wartete, bis es den offenen Bodden erreichte. Es brachte Schöbel zurück nach Rügen. Zur zweiten Schicht am Schreibtisch, wie er sich ausgedrückt hatte, bevor er das Wassertaxi bestieg und »Ich melde mich!« zu Pieplow hinüberrief, als der Bootsmotor ansprang.

Pieplow genoss die Ruhe im Vitter Hafen. Vor einer halben Stunde war für heute die letzte Fähre ausgelaufen. Rechts lagen die Segler fest für die Nacht vertäut. Auf den Kuttern im großen Hafenbecken hingen die Reusenfahnen schlaff in der abendlichen Windstille. Sogar das Wasser schien erschöpft. Lustlos und träge schwappte es gegen die Kaimauern und ließ zwischen ölig glänzenden Schlieren Möwen auf seinem Rücken dümpeln.

Pieplow konnte gemächlich über den Wallweg schlendern. Die Menschen, die tagsüber hier für dichtes Gedränge sorgten, hatten abends Besseres zu tun, als an den geschlossenen Geschäften entlangzuflanieren. Auf dem Seedeich den Sonnenuntergang erwarten, zum Beispiel. Ins Konzert gehen, ins Kino. Oder sich im Figurentheater von Störtebeker und seinen Mannen entführen lassen. Die Anzahl der Fahrräder vor der *Seebühne* ließ auf eine ausverkaufte Vorstellung schließen.

Ob die Zuschauer wussten, dass sie Platz nahmen, wo einst der Streifenwagen der Volkspolizei untergestellt war? Wohl kaum, vermutete Pieplow, der die Nutzungsänderung der Garage für eine gute Idee hielt.

Von Vittes lebhaftester Kreuzung aus, wo vier der sieben autofreien Dorfstraßen aufeinandertrafen, sah er, dass auf der Seeseite der Tag unter einem dramatischen Himmel zur Neige ging. Quellwolken glühten im windstillen Blau über den Strahlen der sinkenden Sonne. Hell violett und lavarot schien der Himmel zu brennen und weckte Erinnerungen an Kindergedanken. An die bange Erwartung, es müsse, sobald der Feuerball die Wasserfläche berührte, ein urgewaltiges Brodeln und Zischen aufsieden. An das Schwanken zwischen Bedauern und Erleichterung über die lautlose Ruhe, mit der die Sonne schließlich am Rand der Welt versank.

Noch ließ ihr Licht die kalkweißen Wände der Häuser am Süderende in zartem Rosa schimmern. In den Straßen hing der vertraute, unnachahmliche Duft. An warmen Sommerabenden roch Vitte nach Blumen und Meer. Nach Salz und Fisch und Rosen, die sich nirgendwo auf der Insel so nahe kamen wie hier.

Und nach erstklassigen Steaks, stellte Pieplow fest, als ihm auf seinem Weg der würzige Duft von Gebratenem in die Nase stieg. Er sah zu den vollen Tischen auf der

Terrasse des *Godewind* hinüber und merkte, wie hungrig er war. Müde und verschwitzt und hungrig.

Nicht gerade die ideale Verfassung, der Frau seiner Träume entgegenzutreten, stellte er verdrossen fest. Denn das war Marie, das hatte er sich eingestehen müssen nach Nächten, in denen er aus Träumen von ihr erwacht war. Manchmal eher verlegen, wenn seine Phantasie der Lust zu sehr die Zügel schleifen ließ, viel öfter aber mit einer großen Traurigkeit über seine hoffnungslose Verliebtheit.

Die Hartnäckigkeit, mit der sein Herz an Marie hing, war eine neue Erfahrung für ihn. Nur einmal hatte es so ausdauernd für ein Mädchen geschlagen. Da war er zehn gewesen und überzeugt, es sei für die Ewigkeit, die dann doch über die sechste Klasse nicht hinausgereicht hatte. Mehr als ein paar Monate hatte seitdem keine seiner Liebschaften gedauert. Kurz und gut, war seine Devise gewesen, und er hatte es nie bereut. Er war lieber allein, als sich weiblicher Inquisition auszusetzen. Was denkst du? Wohin gehst du? Wo bist du gewesen? – Für Pieplow die sicherste Methode, ihn in die Flucht zu jagen. Er hasste es, wenn man ihm zu sehr auf die Pelle rückte.

Diese Gefahr bestand bei Marie nicht. Sie drängte sich nicht in sein Leben und meisterte ihres, als vertraue sie letzten Endes nur sich selbst. Ihrer eigenen Kraft, die sie durch das Drama mit Leonie getragen hatte und durch die Enttäuschung über einen Mann, der sich als windiger Schuft entpuppt hatte. Und durch die lange Sorge für die alte Josefine, der Marie verdankte, was sie heute besaß. Das Haus mit dem breiten Strohdach, die Ferienwohnungen im lang gestreckten Anbau. Das Atelier hinten im Garten, das noch immer so hieß, obwohl seit Jahren kein Maler mehr dort arbeitete.

Alles in allem ein stattliches Anwesen. So gut bestellt und wohl geordnet, wie es sich Hermann Carl Gau nur hätte wünschen können, als er vor mehr als hundert Jahren den Grundstein legte.

Sie erwartete ihn. Marie saß vor ihrem Haus auf der Bank zwischen den großen Hortensienbüschen. Pieplow sah sie, bevor sie ihn bemerkte. Er spürte, wie sein Herz ein paar Mal außerplanmäßig klopfte. Schnell und glücklich und vollkommen unangebracht.

Er war ihr Freund. Nicht mehr und nicht weniger. Einer, der ihr nahe sein konnte, ohne auf dumme Gedanken zu kommen. So ungefähr sah es wohl Marie. Damit würde er sich abfinden müssen. Und damit, dass ihm die dümmsten Gedanken sogar dann durch den Kopf schossen, wenn ihnen so wie jetzt ein ernstes Gespräch über ein düsteres Thema bevorstand.

Sie sprang auf, als sie ihn sah, ging ihm entgegen und umarmte ihn zur Begrüßung.

»Es ist Wanda, oder?« In ihrer Frage lag noch ein Hauch von Hoffnung, es könnte anders sein.

Er nickte. »Wanda, ja. Wie es aussieht, ist sie vergangene Nacht vom Swanti gestürzt.«

»Gestürzt? Aber es hieß doch …« Sie war überrascht stehen geblieben. Den ganzen Tag hatten sich die Neuigkeiten überschlagen, waren mit rasender Geschwindigkeit von Mund zu Mund gegangen und von Mal zu Mal monströser geworden. Immer wieder hatte es jemanden gegeben, der so gut wie dabei gewesen sein wollte und noch mehr grauenvolle Details kannte.

Pieplow hörte mit wachsendem Unbehagen, wie viel haarsträubender Unsinn um den wahren Kern gesponnen worden war.

»Bis jetzt weiß niemand, ob es überhaupt ein Mord war.« Er legte Marie beruhigend den Arm um die Schultern und schob sie sanft Richtung Haus. Sie sollten hineingehen, fand er. Man konnte nicht wissen, welche Blüten die Neugier trieb angesichts der Uniform, die er immer noch trug.

Auf dem Wohnzimmertisch stand ein Wiesenstrauß. Ähren, Grasnelken, Hahnenklee. An welken Mohnstängeln nur noch die Kapseln. Es störte Leonie nicht, dass ihre Sträuße die Sommerwärme nur für kurze Zeit überstanden. Auf der Wiese neben dem Haus wuchsen ihre Lieblingsfarben jeden Tag neu. Rot, Gelb, Lila.

Marie schob Bilderbücher auf dem Sofa zu einem Stapel zusammen.

»Verzeih«, sagte sie ohne sich umzudrehen, »ich habe gar nicht gefragt, ob du etwas möchtest. Essen vielleicht? Oder trinken? Kaffee, Tee, Bier?«

»Ein Bier wäre nicht schlecht.« Er fühlte sich wie ausgedörrt.

»Brauchst du ein Glas?«, rief sie aus der Küche. Jedes Mal fragte sie das. Aus Gastgeberinnengewohnheit vermutlich. Dabei trank auch sie das Bier am liebsten aus der Flasche. Er erinnerte sich sogar noch an den Tag, seitdem er das wusste.

Und wie jedes Mal antwortete er mit einem gedehnten »Nein«.

Er lehnte sich im Sofa zurück und hörte, wie sie leise nach oben ging. Die Angewohnheit, mehrmals am Abend nach dem Kind zu sehen, hatte sie noch immer nicht abgelegt. Für ein paar Augenblicke überließ Pieplow sich der friedlichen Ruhe im Zimmer. Als Marie endlich neben ihm saß, berichtete er, was er wusste.

»Weiter sind wir noch nicht«, sagte er zum Schluss. »Was da sonst an Erkenntnissen kursiert, ist frei erfunden. Pure Spekulation. Warum und zu welchem Zweck auch immer. Noch kommt alles in Betracht – Unfall, Mord, Selbstmord.«

»Ausgeschlossen!«, widersprach Marie energisch. »Wanda hätte sich nicht das Leben genommen. Und vor allem nicht dort. Auf gar keinen Fall! Das weiß ich genau.« Sie sagte das mit so großer Entschiedenheit, dass Pieplow sie irritiert ansah.

»Weshalb bist du dir da so sicher?«, fragte er skeptisch.

»Weil der Swanti ihr heilig war, deshalb.«

»Na ja, man nennt ihn eben so. Heiliger Berg.« Als heimatkundliche Übertreibung mochte das angehen, fand Pieplow. Aber kein vernünftiger Mensch würde solchen Humbug aus ein paar Grabfunden ableiten. Nur weil vor zweitausend Jahren irgendwelche Germanen dort ihre Toten vergraben hatten, wurde aus dem Swanti nicht der Berg Sinai.

Marie schüttelte den Kopf. »Wanda hat das nicht nur so dahingesagt. Für sie war der Swanti ein geweihter Ort, und zwar seit Menschengedenken. Verstehst du – wir glauben, die Gräber sind es, die einen Haufen Lehm und Sand zu etwas Besonderem machen. Wanda war dagegen überzeugt, dass es sich genau andersherum verhält. Zuerst ist der Geist eines Ortes da. Deshalb haben unsere Vorfahren solche Plätze gesucht, sie geweiht und geheiligt.« Sie machte eine Pause und sah Pieplow mit großer Ernsthaftigkeit an. »Und weil für Wanda der Swanti ein solcher Ort war, kann sie sich dort nicht umgebracht haben. Unvorstellbar, dass sie ihn durch etwas so Zerstörerisches entweiht hätte.«

Pieplows Vorstellungsvermögen sträubte sich, diesen mystischen Pfaden zu folgen. Er gab diesseitigen Erklärungen den Vorzug. Dass, ganz praktisch gesehen, Grabstätten besser keinen Platz beanspruchen sollten, der sich anderweitig besser nutzen ließ. Zum Wohnen, zum Beispiel. Oder für Ackerbau und Viehzucht. Wohin also mit den Toten auf einer Insel, die vor eben diesen zweitausend Jahren nur wie ein kleiner Buckel aus dem Meer ragte? Auf der der Platz knapp war, weil das flache Grasland in den nächsten Jahrhunderten erst angeschwemmt werden musste. Ganz an den Rand mit ihnen, sollte man meinen. Und zwar möglichst hoch, damit nicht die nächste Sturmflut schon zum Grabräuber werden und mit sich reißen würde, was auf die letzte Reise mitgegeben wurde. Gefäße, Schmuck, Werkzeug.

Das war, was blieb, dachte Pieplow. Keine Botschaften aus dem Universum, keine beredten Geister. Nichts, was sich beschwören ließ. Nur ganz und gar unbeseelte Dinge, die dann und wann als Zeugen einer längst untergegangenen Welt ans Tageslicht kamen.

»Ich habe, ehrlich gesagt, noch nicht verstanden, was genau Wanda dort gemacht hat«, sagte er und dachte an Tänze in Trance, an unbedachte Bewegungen, bei denen eine ältere Dame schnell die Balance verlieren konnte.

Marie sah ihn an, als wüsste sie, was ihm durch den Kopf ging. »Jedenfalls nichts Gefährliches, wenn du darauf hinauswillst. Sie hat es wie eine Meditation beschrieben. Wie ein Sich-Öffnen und Auftanken mit Energie für sich selbst und für andere. Dass sie dabei gestürzt oder gestolpert sein soll, ist ziemlich …« Sie hielt erschrocken inne. Kein Selbstmord, kein Unfall. Ihr war plötzlich klar, worauf es hinauslief, wenn beides nicht in Frage kam, aber sie sprach es nicht aus. »Es ist einfach furchtbar«, sagte sie nur und lehnte sich an ihn, als er ihr tröstend den Arm um die Schulter legte.

Sie fühlte sich gut an. Warm und fest, und ihr Haar roch nach Pfirsich. Früher war es lang gewesen und meist im Nacken zusammengebunden. Pieplow hatte den schweren dunklen Zopf gemocht und sich an den Bubikopf erst gewöhnen müssen.

Pieplow genoss den Augenblick. Schwieg, hielt Marie im Arm und erörterte im Stillen, ob er sie nicht einfach küssen sollte. Wenigstens aufs Haar. Oder, besser noch, auf die samtweiche Haut im Nacken. Irgendwann würde er es einfach tun. Eine Gelegenheit wie diese nutzen und dann sehen, was passierte.

Irgendwann, wie gesagt. Aber nicht jetzt. Jetzt schoben sich die Ereignisse des Morgens wieder in seine Gedanken und verlangten eine Erklärung.

Wer hätte sie töten sollen? Und vor allem: Warum?

»Weißt du, ob sie Feinde hatte?« Er nahm in Kauf, dass Marie sich aufsetzte und ein Stück von ihm abrückte.

»Wanda?« Sie sah ihn an, als habe er eine sehr abwegige Frage gestellt. »Das glaube ich nicht. Es gab wohl manche, die lieber nichts mit ihr zu tun haben wollten, aber Feinde? Womit soll sie sich Feinde gemacht haben?«

Pieplow dachte an Kurpfuscherei, an fehlgeschlagene Behandlungsversuche. An die Wut eines Verzweifelten, dem nicht geholfen worden war. »Hätte ja sein können, dass sie mal irgendwas in dieser Richtung erzählt hat.«

»Nein, hat sie nicht.« Marie schüttelte nachdenklich den Kopf.

Schade, dachte Pieplow, der sich einen ersten Ansatzpunkt wünschte. Irgendwas, an dem sein siebter Sinn andocken konnte, anstatt in nebulösen Spekulationen durch seinen Kopf zu wabern.

8

Fahlweißes Licht zuckte von weither im Norden über den Himmel. Ergoss sich in das Nachtblau über der Insel und verrann hinter dem Horizont.

Eine stumme Fanfare aus einer anderen Welt.

Einem hellen quiekenden Pfeifen im Liguster unter dem Fenster folgte ein hastiges Rascheln, als gäbe es etwas in Sicherheit zu bringen. Sich selbst. Die Brut. Oder die Ausbeute einer listigen Jagd im grauen Sand unter der Hecke.

Wanda hält sich nicht damit auf, nach dem Jäger und Pfeifer zu suchen. Sie hat Wichtigeres zu tun in den wenigen Stunden bis Sonnenaufgang.

Sie kommt nicht allein. Aber die sie begleiten, bleiben ein paar Schritte hinter ihr. Wie Wachen, die ihr jederzeit zu Diensten stehen. Als bräuchte es nur einen Gedanken, damit der im blassgelben Umhang Licht ins Dunkel bringt oder das leuchtende Schwert des anderen sie vor jeder Gefahr bewahrt.

Harri lässt die beiden nicht aus den Augen.

Gekrümmt, mit fast bis zum Kinn hochgezogenen Knien bleibt er auf der Seite liegen. Er wartet darauf, dass sie verschwinden. Dass er die Täuschung erkennt wie bei einer Fata Morgana. Einer unwirklichen Spiegelung von Mut und Kraft über dem Meer von Trostlosigkeit, in dem er unterzugehen droht.

Ein Schluchzen steigt aus seiner Brust, die ganz eng ist und schmerzt wie entzündet. Seine Augen sind rot und geschwollen vom Weinen. Den ganzen Abend hat er geweint. Hat einfach nicht aufhören können, bis er darüber eingeschlafen sein muss. Sein Kissen ist noch immer ganz feucht. Er spürt es, als er die Hand unter die Wange schiebt.

Wanda tritt an sein Bett. Er weiß es, ohne dass er die Augen öffnet. Sie beugt sich über ihn und streicht ihm mit den Fingerspitzen ganz leicht über den Kopf. Von der Stirn durch die Haare über dem Ohr bis in den Nacken und wieder von vorn. Stirn, Haare, Nacken. So lange, bis seine Brust wieder weit und sein Atem gleichmäßig wird. Aber die Augen zu öffnen, wagt er immer noch nicht. Zu groß ist die Angst, ihr Gesicht nicht zu erkennen.

Tierfraß.

Ihm wird übel, sobald das Wort in seinen Kopf kommt. Es verschwindet wieder, als Wandas Hand über seinen Rücken fährt. Vom Hals bis zu den Pobacken. Sogar die sind verkrampft, das merkt er, als er die Schultern loslassen und die Beine ausstrecken kann.

Ganz leicht wird ihm jetzt.

Dort, wo eben noch wie eine schleimige Kröte die Übelkeit saß, wärmt ihn jetzt ein dotterblumengelber Ball, und er sieht mit geschlossenen Augen Wandas Gesicht. Es ist jünger, als er es kennt, aber heil und ganz und freundlich wie eh und je. Vor Erleichterung lösen sich Tränen unter seinen Lidern. Bevor sie über die Schläfen ins Haar rinnen, wischt Wanda sie fort.

Sie spricht nicht. Und doch hört er ihre Stimme. Sie ist mitten in seinem Kopf, genau zwischen den Ohren, und er weiß, dass es wichtig ist, was sie ihm sagt. Die Anstrengung, sie zu verstehen, macht eine weiche Furche in seiner Stirn.

Sie gibt ihm einen Auftrag. Einen, der vom Gestern ins Morgen reicht. Bei dem es darauf ankommt, dass er die Augen aufmacht.

Er kann nicht.

Du musst, mahnt die Stimme. Du musst mir helfen. Mir und dir und den anderen Seelen, die sich auf dich verlassen. Mehr als du ahnst. Deshalb sieh hin. Ganz genau und hör auf deine Angst. Du kannst ihr vertrauen, aber halt sie im Zaum, damit du verstehst, was sie dir sagen will.

Die Stimme schweigt. Stumm wartet sie, bis er nickt. Langsam wie in Hypnose geht sein Kopf drei Mal auf und ab, bevor er die Augen öffnet. Er will Wanda ansehen, wenn er zu tun verspricht, was sie ihm aufträgt.

Sie ist nicht mehr da.

Er spürt noch ihre Hände in seinem Haar, aber sie ist schon gegangen.

Nur kurz sieht er noch den Saum eines blassgelben Umhangs durch das Fenster hinaus in die Nacht gleiten.

Ein heiseres, gleichgültiges Fauchen drang aus der Baumkrone hinter dem Haus, als ein Reisig unter dem Gewicht des Schattenwesens knackte, das darüber hinwegschlich.

Katze, Igel, Fuchs.

Zu pelzig, zu stachelig, zu groß, als dass der Nachträuber im Geäst auch nur einen Blick darauf werfen würde. Doch nach dem Rascheln und Fiepen im Gras auf der anderen Seite drehte er lautlos den Kopf. Er spannte die Flügel und schwebte unhörbar zu Boden.

Verloren im Dickicht der Halme und todgeweiht, blieb seinem spitznasigen Opfer nur ein letzter verzweifelter Schrei, bevor sich dolchscharfe Krallen durch Fell und Fleisch bohrten. Ein paar Mal flappen noch die Schwingen des Jägers, dann ist es totenstill und Wiese und Baum liegen wieder im Mondlicht wie unter einem kalten milchweißen Schleier.

Es ist die Stunde, in der die Dämonen kommen, sich auf die Bettkante setzen und warten.

Daniel Pieplow weiß, dass er jetzt diese Treppe hinaufmuss. Stufe für Stufe. Endlos, wie ihm scheint, bis sein Herz rast und er nicht weiß, ob vor Anstrengung oder vor Angst. Er darf nicht stehen bleiben, nicht Luft holen. Er muss weiter. Es ist seine Pflicht und niemand sonst könnte tun, was getan werden muss. Aber er zögert zu lange. Weil er nicht weiß, was er tun soll. Weil etwas in ihm sich weigert, auch nur einen Schritt weiterzugehen, bevor es zu spät ist. Bevor die Frau das Messer im Leib hat, aus dem ihr Blut schneller quillt, als Pieplow es je für möglich gehalten hatte. Bevor er mit der Waffe in der Hand auf einen Mann starrt, der mit ausdruckslosem Gesicht zusieht, wie alles sich rot färbt. Der schäbige Teppich, Pieplows Hand, als er sie auf die Wunde presst, sein Hemd, seine Hose.

Pieplows Atem geht hektisch und flach. Ihn überflutet eine solche Schwäche, dass er nichts anderes wahrnimmt als die nächste ausgetretene Stufe vor seinen Füßen. Deswegen merkt er erst kurz vor dem Ziel, dass etwas anders ist als sonst. Dass im Stiegenhaus nicht der stockige Mief von Schimmel und billigem Essen hängt, in den sich gleich ein rostiger Blutgeruch mischen wird.

Erst als er die letzte Kehre der Treppe hinter sich hat, als es nur noch geradeaus nach oben geht, erkennt er, dass er sich auf den freien Himmel zubewegt. Tausende von Sternen sieht er. Einen kalten, vollen Mond, dessen totes Licht über das reglose Meer fließt.

Eben noch drohte sein Herz zu zerspringen. Jetzt steht es einen Wimpernschlag lang still. So still wie Himmel und Meer. So still wie das Gras, in dem er keinen Schritt mehr machen kann, weil jemand die Welt angehalten hat.

Wanda.

Er sieht sie erst, als er das vertraute Pochen in seiner Brust wieder spürt. Als ein leichter Windhauch das Wasser kräuselt und über die Gräser streicht, bis sie sich leise wiegen.

Es wird Zeit, dass du kommst.

Pieplow fühlt mehr, als dass er hört, was Wanda sagt. Er blinzelt, weil der Lichtschein ihn blendet, in den sie gehüllt ist. Sie steht so nah am Kliffrand, dass er die Arme ausstreckt, um sie zu halten. Erschrocken weicht er zurück, als er sieht, dass er sie damit auf den Abgrund zutreibt.

Es wird Zeit, dass du kommst, sagt sie noch einmal. Es ist deine Aufgabe, und niemand kann sie dir abnehmen. Niemand sonst kann sie erfüllen. Nur du.

Das bleiche stumme Flackern am Himmel verebbte in der ersten Ahnung von Morgenlicht, als Pieplow erwachte. Er verschränkte die Arme hinter dem Kopf und sah hinüber zum Fenster.

Wetterleuchten, stellte er fest und nahm das als Erklärung für die verwirrende Änderung seines furchtbarsten Traums.

In den stacheligen Zweigen des Sanddorns, zwischen silbrigen Blättern und orange leuchtenden Früchten verborgen, schlug der Sprosser seine dritte Strophe an. Nach der melancholisch klagenden des ersten Morgengrauens, nach dem Schmelz glücklicher Zaubertöne zum Purpur der frühen Himmelsröte schmetterte er jetzt seine Fröhlichkeit in den Morgen. Ein junges Männchen aus der diesjährigen Brut. Laut und schön, aber noch nicht perfekt. Erst im nächsten Jahr, im Rausch des Frühlings, würde es zeigen, was in ihm steckte. Im Kampf und in der Liebe. Aus voller Brust. Unermüdlich.

Über Fritz Niemanns Gesicht huscht ein halbes Lächeln. Schief und ungeübt verzieht es den alten, runzeligen Mund, in dem nur im Schlaf keine Pfeife klemmt.

Gefühlsduselige Grinserei liegt ihm nicht. Noch weniger als das Reden. Aber jetzt lächelt er. Er kann nicht anders. Wanda verwandelt ihn. Er sieht ihr Gesicht über sich, die sonnenbraune Haut mit dem Hauch feiner Härchen. Da ist der Druck ihres Körpers auf seinem, ihr ganz eigener Duft nach Seife und Rosen. Sie schmiegt sich an ihn und flüstert Albernes.

Fischers Fritz fischt frische Fische ...

Aale, Wanda. Keine Fische. Er lacht, weil ihr Mund so nah an seinem Ohr ist, dass es kitzelt.

Er ist nicht mehr jung. Zweiundfünfzig, um es genau zu sagen. Für die Jüngeren an Bord der *Swantje* längst der olle Niemann.

Für Wanda nicht. Für sie ist er ruhig und stark. Leidenschaftlich und sanft mit seinen Fischerpranken auf ihrem glatten, festen Körper, der sich windet und dreht vor Lust, wenn sie sich lieben. So wie jetzt.

Er atmet schwer. Er möchte sich auflösen in dem Gefühl, alles erlebt zu haben, was ein Mann erleben kann. Auf See und in der Liebe.

Und plötzlich weiß er, dass er den jungen Sprosser draußen vorm Fenster nur noch diesmal hört. Dieses eine letzte Mal.

Mit diesen Gedanken schlug Fritz Niemann die Augen auf. Er lauschte, wie in der letzten Strophe die Töne an Kraft und Fülle gewannen, um schließlich mit einem Wirbel heller Glockentöne zu enden.

Er lag ganz still. Er spürte Wanda noch über sich. Er roch ihren Duft und konnte unter seiner krumpeligen, schwieligen Hand sogar die Lust noch fühlen, für die es keine Erfüllung mehr gegeben hatte. Stark und glatt ragte sie aus dem grauweiß gestreiften Pyjamastoff.

Donnerwetter, dachte der olle Niemann und wartete zufrieden auf die Flaute, in der die Pracht ihre Segel strich. Dann schwang er die Beine aus dem Bett und angelte mit nackten Füßen nach seinen Pantoffeln.

Viertel nach sechs. Gleich würde der Wecker klingeln und das Tagwerk in der Pension einläuten. Normalerweise blieb er noch eine Stunde im Bett und überließ den Frauen die Frühschicht. Brötchen holen, Kaffee kochen, Wurst, Butter, Käse auf die gedeckten Tische. Weiberkram eben.

Heute wollte er davon nichts hören.

Heute zog es ihn an den Bodden. Zu seiner Aal-Bucht, in der man nachts ab und zu nach dem Rechten sehen musste. Besonders in Sommernächten, wenn, verborgen im hohen Gras, eine Frau wartet, die zaubern kann.

9

Es klingelte.

Pieplow hielt in der Bewegung inne, mit der er den Nassrasierer an die Problemzonen zwischen Unterlippe und Kinn heranführen wollte. Das eingeschäumte Gesicht starr vor den Spiegel gereckt, schielte er nach seiner Armbanduhr auf der Ablage.

Neun Minuten nach sieben.

Eindeutig zu früh für professionelle Klingler wie Briefträger oder Stromableser und nicht gerade eine Zeit, zu der man Besuch erwartete.

Er wischte sich mit dem Handtuch flüchtig den Schaum aus dem Gesicht und ging so zur Tür, wie er war. Barfuß, in T-Shirt und Boxershorts, schwarze Boote auf weißem Grund. Um die Piratenschädel mit den gekreuzten Knochen auf den roten Segeln erkennen zu können, musste man schon sehr genau hinsehen.

»Herr Professor!« Mit Professor Dahlke, seines Zeichens Chef der Gerichtsmedizin in Greifswald und die beeindruckendste Koryphäe, die Pieplow kannte, hatte er am allerwenigsten gerechnet.

»Morgen, mein lieber Pieplow! Hoffentlich haben Sie noch nicht gefrühstückt!?« Die Brötchentüte knisterte, als der Professor sie vor Pieplows Nase hin- und herpendeln ließ. »Noch warm«, verkündete er stolz. »Ich war der Erste heute Morgen.« Wer früh um sieben die ersten Brötchen bekam, hatte mindestens schon eine Viertelstunde vor der Bäckereitür angestanden.

»Was halten Sie von einem improvisierten Arbeitsessen zur Leichensache Sieveking?« Weil er mit dem Rücken zur Morgensonne stand, leuchtete sein weißer Haarkranz wie ein fusseliger Glorienschein.

Pieplow wäre ein ruhigerer Start in den Tag lieber gewesen. Kaffee, eine Scheibe Brot. Gedanken sortieren. Über die Träume der vergangenen Nacht zum Beispiel, durch die wieder einmal das Zwillingsgespann von Selbstzweifel und Größenwahn gerast war. Oder nichts dergleichen und einfach nur einen Blick in die Ostsee-Zeitung werfen, die unter dem Arm des Professors klemmte.

»Ich war so frei«, sagte Dahlke und händigte Pieplow beides aus, Brötchen und Zeitung. »Titelblatt und Seite drei. Man wundert sich doch immer wieder, was diese Pressefritzen so ausbuddeln. Oder wussten Sie, dass unsere werte Tote schon in ihrer Zeit als Krankenschwester durch eine, sagen wir mal metaphysisch orientierte Haltung aufgefallen ist?«

Bei offener Haustür in T-Shirt und Unterhose und mit halb rasiertem Gesicht fiel Pieplow nicht ein, ob er davon schon gehört hatte.

Er trat zur Seite und bat den frühen Gast herein.

Beim Schlesinger-Fall vor nicht ganz einem Jahr waren sie sich zum ersten Mal begegnet. Der Professor, dem man nachsagte, in seinen Obduktionsberichten könne sogar stehen, was der Tote zuletzt gedacht habe, und der Dorfpolizist, dem er mehr zutraute als Pieplow sich selbst.

»Nett«, kommentierte er Pieplows Wohnzimmer. »Eindeutig junggesellig.« Damit musste er den Hauch von Chaos meinen, in dem Pieplow sich wohlfühlte. Zeitungen, Bücher, ein Sweatshirt und das Uniformhemd von gestern gleichmäßig über Couchtisch und Sofa verteilt. Neben dem Sessel am Fenster eine leere Feierabendbierflasche.

»Am besten, wir setzen uns draußen hin.« Pieplow öffnete die Tür zur Terrasse, auf der ein Tisch und zwei Stühle einen passablen Frühstücksplatz boten.

»Wunderbar«, sagte der Professor und »Schwarz, mit Zucker«, als Pieplow ihn nach seinem Kaffeewunsch fragte.

»Die roten Piratensegel waren aber auch nicht schlecht.« Dahlke hatte genau hingesehen und registrierte mit spöttischem Blick, dass Pieplow Uniformhose und kurzärmeliges Diensthemd trug, als er mit dem Frühstückstablett auf die Terrasse zurückkehrte.

»Ab acht bin ich im Dienst«, erklärte Pieplow. Dass er skeptisch war, ob dem Professor eine halbe Stunde für sein improvisiertes Arbeitsessen reichte, behielt er für sich. Fürs Erste interessierte ihn vor allem, warum und wozu sich Dahlke die frühe Mühe machte, mit ihm über den Fall Sieveking zu sprechen.

»Eigentlich habe ich Urlaub. Seit Samstag schon.« Der Professor biss genüsslich in eine Brötchenhälfte mit Heidelbeergelee. Anerkennend zog er die buschigen Augenbrauen hoch. »Köstlich! Einfach köstlich. Welcher Künstlerin haben wir diese Delikatesse zu verdanken?«

Ein bisschen verschroben ist er schon, dachte Pieplow und wunderte sich, wie wenig ihm das auf die Nerven ging.

»Meiner Mutter«, sagte er so knapp, dass es beinahe unhöflich klang. Deswegen schob er nach: »Heute sammelt sie die Beeren selbst. Früher mussten meine Schwestern und ich das machen.«

»Verstehe«, sagte der Professor. »Bestellen Sie ihr einen schönen Gruß von mir – das Gelee ist wirklich ausgezeichnet. Ich kann das beurteilen, glauben Sie mir. Wie die meisten Forensiker verstehe ich mich sehr wohl auf diesseitige Genüsse aller Art.«

Pieplow sah flüchtig hoch. Im zufriedenen Gesicht des Professors lag nicht die Spur von Zynismus. Er musste zu denen gehören, denen die tagtägliche Begegnung mit dem Tod eine besonders innige Beziehung zum Leben bescherte.

»Aber wie es der Zufall so will, war ich gestern doch noch mal im Institut. Viel liegengebliebener Schreibkram, zwei Krankmeldungen von Kollegen und das zur Urlaubszeit ... Sie können sich ja denken, was das heißt. Als dann die Obduktionsanordnung kam, habe ich meine Siebensachen gepackt und mich auf den Weg ins Bergener Krankenhaus gemacht. Ich gestehe, auch aus einer gewissen Neugier, was die Ereignisse auf unserer schönen Insel angeht.«

Soweit Pieplow wusste, war der Hiddensee-Enthusiasmus des Professors jüngeren Datums und hatte sehr viel mit Hilde Gottschalk zu tun. Bei ihr hatte er während der Schlesinger-Ermittlungen Quartier bezogen und kam, ganz ohne staatsanwaltliche Anordnung, seitdem, so oft es ging.

Auch jetzt sei er hier, um sich den sonnigen Seiten des Lebens zu widmen, versicherte er. Keinesfalls um den Ermittlern ins Handwerk zu pfuschen. Die Sache mit dem Schuster und den Leisten gelte schließlich auch für Gerichtsmediziner. Und dennoch: »Ich konnte nicht widerstehen. Mich hat der Ort interessiert, an dem ein so schweres Polytrauma entstanden ist, wie nicht mal wir es alle Tage zu sehen bekommen. Wobei ich betonen möchte, dass die Arbeit der Spurensicherung keine Fragen offengelassen hat. Absturzort, Fallhöhe, Fundortbeschaffenheit – alles einwandfrei dokumentiert und sehr aufschlussreich im Hinblick auf das Obduktionsergebnis.«

Pieplow empfand die Weitschweifigkeit des Professors als harte Probe seiner Geduld und konnte sich nicht verkneifen, ein wenig zu drängeln: »Sie wissen also, wie und woran Wanda gestorben ist?«

So betrübt, wie der Professor ihn ansah, musste er die Frage enttäuschend finden. »Selbstverständlich, mein lieber Pieplow. Aber ob uns das weiterbringt, steht auf einem ganz anderen Blatt.«

Pieplow wollte sich schon mit weiteren forensischen Umwegen abfinden, als der Professor sich zurücklehnte und aufzählte: »Durch Sturz aus großer Höhe, vermutlich zwischen null und zwei Uhr morgens, großflächige Einwirkungen stumpfer Gewalt, Rupturen von Lunge, Leber und Milz, mehrfach frakturierte Arme, zum einen durch den Aufprall, zum anderen durch reflexartige Versuche, sich im Sturz abzufangen. Schleifverletzungen vor allem an Schulter und Rücken. Kollisionen mit Klippenvorsprüngen, Baumwurzeln, Steinen verursachten Hämatome unterschiedlicher Größe, was bedeutet, dass sie noch lebte, als sie aufschlug. Erst die Zerstörung durch Tierfraß ist postmortal.«

Wenigstens das, dachte Pieplow erleichtert. Es ersparte ihm die Vorstellung, in Wanda wäre noch Leben gewesen, als die Möwen sich über sie hermachten. Gleichzeitig wurde ihm klar, dass die Frage, die ihn am meisten beschäftigte, noch nicht beantwortet war.

»Das heißt also Unfall oder Suizid?«

»Es deutet sehr viel darauf hin, ja.« Der Professor nickte ernst. »Zumal wir einen weiteren Befund haben, der, wenn auch vielleicht nur indirekt, diese Annahme nahelegt. – Wissen Sie, was ein Aneurysma ist?«

Pieplow schüttelte den Kopf. Ein schönes Wort für eine üble Sache, vermutete er.

»Ein Aneurysma können Sie sich als die Ausbeulung einer Arterie vorstellen. Im Bauch, am Herzen, im Kopf. Kommt gar nicht so selten vor. An dieser Ausbuchtung ist die Gefäßwand sehr dünn, so dass sie leicht reißt. Dann kommt es zu einer lebensbedrohlichen Blutung. Aber bevor das passiert, kann diese Beule auch auf das umliegende Gewebe drücken und, wenn es sich wie bei Wanda Sieveking um eine Arterie im Kopf handelt, unter anderem zu Seh- und Gleichgewichtsstörungen führen.«

»Und deswegen ist sie gestürzt?«, folgerte Pieplow.

Der Professor hob mahnend den Zeigefinger. »Wahrscheinlich«, schränkte er ein. »Sehr wahrscheinlich, sogar, aber eben nicht absolut sicher. Es bleibt der kleine Rest einer Möglichkeit, dass es auch ganz anders gewesen ist. Aber dafür, mein Guter, gibt es keinerlei Beweise.«

»Sie können also nicht ausschließen, dass Wanda die Klippe hinabgestoßen wurde, aber beweisen, dass es so war, können Sie auch nicht«, stellte Pieplow resigniert fest.

»Sie sagen es.« Der Professor breitete die Arme aus. »Nicht immer trägt das weite Feld der Wissenschaft die Früchte, die wir uns wünschen.«

»Das heißt, die Ermittlungen werden eingestellt.« Pieplow merkte, wie unzufrieden ihn dieser Gedanke machte, obwohl er sich gern eingeredet hätte, dass es genau das war, was er sich wünschte. Einstellung der Ermittlungen zur Leichensache Wanda Sieveking. Zurück zum Inselalltag, in dessen sommerlicher Betriebsamkeit Gras über die Sache wachsen konnte, bis Wandas Tod nur noch eine schauerliche Geschichte war. Ein zusätzlicher Anreiz, am wohlig bedrohlichen Steilufer entlangzuwandern. Sich einen Sturz aus sechzig Metern Höhe vorzustellen oder das Grausen bei dem Gedanken, hinter der nächsten Biegung könnte jemand liegen, dem die Möwen das Gesicht zerhackt hatten.

* * *

Seit fast zwei Stunden lag Clemens Meier wach neben seiner Frau. Er schob es auf den Rabatz der Sperlinge in der Hecke zum Nachbarhaus.

Fürchterlich, dieses ewige Tschilp und Schill und Zilk. Ein ganzer Schwarm musste da draußen zugange sein. Seit Sonnenaufgang und mit wachsender Begeisterung für das eigene Gezeter. Wer sollte dabei noch schlafen können, dachte er grimmig und konzentrierte sich doch auf das Vogelgezänk, bis die schrillen Töne in seinen Ohren gellend nachhallten. Dies bewahrte ihn vor den Bildern, die ihn bedrängten. Die sich in seinem Kopf ausbreiten wollten wie dunkler, zähflüssiger Nebel, der ihm Angst machte. Eine aberwitzige, irre Angst. Schlimmer als in der Wirklichkeit gestern Morgen. Vielleicht lag es daran, dass es im Traum sein eigenes Gesicht gewesen war, über das sich die Vögel hermachten.

Clemens Meier holte tief Luft. Es klang wie ein Stöhnen.

»Was ist?«, fragte seine Frau erschrocken. Ihre Stimme klang nicht, als komme sie aus dem Tiefschlaf.

»Nix«, wehrte Clemens ab. »Mir ist nur zu warm.« Er wusste selbst, dass er Unsinn redete. Morgens um Viertel nach sechs ist es auf Hiddensee noch nicht warm. Nicht mal in einem heißen Hochsommer.

»Versuch noch eine Stunde zu schlafen«, sagte seine Frau. Sie ließ ihre Hand auf seiner Schulter liegen und schloss die Augen.

Er tat ihr den Gefallen und lag ganz still. Mit dem gleichmäßigen Auf und Ab seines Brustkorbs täuschte er Schlaf vor, während er sich mit düsteren Gedanken herumschlug. So kannte er sich gar nicht. Er war kein Grübler. Keiner, der sich lange aufhielt mit überflüssigen Fragen.

Was wäre wenn?

Wenn sie später losgegangen wären?

An einem anderen Tag?

Warum gerade gestern?

Warum gerade er?

Womit hatte der Hausmeister einer Zwickauer Grundschule, der nichts wollte, als sich zehn Tage erholen, bevor der Affenzirkus wieder losging, es verdient, über eine zerfledderte Leiche zu stolpern?

In den Lärm der Spatzen mischte sich das Kollern von Kofferrollen auf dem Verbundpflaster der Straße. Clemens Meier wusste, wie spät es war, ohne den Kopf zum Wecker auf dem Nachtschrank zu drehen. Halb sieben. Spätestens. Wer mit dem Frühschiff abreisen wollte, musste sich jetzt auf den Weg nach Kloster machen. Abschiedsrufe von Erwachsenen übertönten quengelnde Kinderstimmen.

Gestern um diese Zeit war noch alles in Ordnung gewesen. Ahnungslos und gut gelaunt waren sie Richtung Enddorn gewandert. Hatten das Gefühl genossen, die Insel für sich allein zu haben. Einen übermütigen Moment sogar mit fröhlichem, schnellem Sex im Sommermorgengras geliebäugelt.

Stattdessen, verflucht, waren sie weitermarschiert.

Gestern war noch undenkbar gewesen, dass ihm die Zeit auf der Insel jemals zu lang sein konnte. Heute ertappte er sich dabei, dass er die dort draußen beneidete. Heute gäbe er etwas darum, wie sie seine Sachen zu packen und heim in den normalen Alltagsirrsinn zu fahren.

Das Bettgestell knarrte, als Clemens Meier sich mit einem Ruck aufsetzte. Er konnte nicht liegen bleiben. Er musste hoch. Raus. Sich bewegen. Einen anderen Film im Kopfkino einlegen, damit seine Nerven sich beruhigten.

»Wo willst du hin?« Die Frage seiner Frau erwischte ihn, kurz bevor er sich auf Zehenspitzen aus dem Zimmer schleichen konnte.

»Ich lauf 'ne Runde. Zum Frühstück bin wieder da«, brummte er und hoffte, die richtige Tonlage getroffen zu haben. Freundlich genug, damit sie nicht eingeschnappt war, und so abweisend, dass sie ihn allein losziehen ließ.

Sie dachte gar nicht daran. »Warte, ich komme mit«, sagte sie und war so schnell aus dem Bett, als habe sie darauf gewartet, endlich aufstehen zu können.

Sie könnten nach Norden gehen, schlug seine Frau vor. Nur ein kurzes Stück dieselbe Strecke wie gestern, aber dann nach Osten auf den Bessin und über die schmale Landzunge bis ans flache, warme Wasser der Lagune. Nach den schwarzen Schwänen Ausschau halten, die sie im vergangenen Jahr dort entdeckt hatten. Muscheln und Steine sammeln. Schöne Federn vielleicht. Oder, geschützt von dichtem Gebüsch, nachholen, was sie am Tag zuvor drüben auf der rauen, wilden Seite der Insel nicht gewagt hatten.

Oder lieber nach Süden? Auf Kloster zu, bis sie zum Bodden hin abbiegen könnten. Über den polsterweichen Weg zwischen Ginster und Weißdorn am Schilfsaum entlang ans Schwedenhagener Ufer, wo der alte Schubboot-Anleger vor sich hin rostete, ohne den Blick über die Bucht bis nach Stralsund zu stören.

Clemens Meier zuckte gleichgültig mit den Schultern. Ihm war vollkommen egal, wo sie langliefen.

Ina Meier nahm ihrem Mann die Entscheidung ab. Am Gartentor wandte sie sich nach links, Richtung Kloster. Sie stapfte so zielstrebig voran wie die Junglehrerinnen, denen er daheim manchmal nachsah, wenn sie, knackig im Sportdress, die Kinder im Gänsemarsch hinter sich her, über den Schulhof auf die Turnhalle zusteuerten.

Er folgte seiner Frau mit ein paar Schritten Abstand und ließ sich vom Anblick ihrer Kehrseite aufmuntern. Wozu stramme, braungebrannte Beine und ein fester Hintern nicht alles gut sein können, sinnierte er und genoss die ersten angenehmen Gedanken des Tages. Als sie kurz darauf von der Straße in den Boddenweg einbog, holte er sie ein und legte ihr den Arm um die Schulter.

Es sah ganz danach aus, als könnte der Tag, alles in allem, noch ganz passabel werden.

Sie redeten nicht viel. Ließen die Stille der menschenleeren Landschaft auf sich wirken, über der ein lautlos hohes Flugzeug – Von Tallinn nach Kopenhagen? Von Moskau nach Stockholm? – wattige Streifen in den blassblauen Himmel zog. Erst sahen sie dem Flieger nach und dann einander in die Augen. Lächelten sich an und wussten, es ist wieder da, das Gefühl, nirgendwo anders sein zu wollen als hier in der Mischung aus Nachtkühle und Tagwärme im Morgenwind, der das Schilf rascheln und die Schwäne auf kräuseligem Wasser wippen ließ.

Es war Ina, die alles zunichtemachte. Ihre Neugier und der fußbreite Pfad in den Reetgürtel, den sie hinter dem Ginster-Weißdorn-Erlendickicht entdeckte.

Mit einiger Skepsis sah Clemens Meier auf die Halmwogen, in denen seine Frau verschwand. Weiter vorn, dicht am Wasser, tanzten im Sonnenlicht Mückengeschwader, denen er lieber nicht näher kommen wollte. Er hatte nicht die geringste Lust, ihr zu folgen. Er tat es trotzdem und hatte Sekunden später das Gefühl, gegen eine Mauer zu laufen. Eine dicke schwarze, gummiartige Mauer aus fassungslosem Schrecken.

Dass der Mann tot war, auf den Ina mit angstverzerrtem Gesicht starrte, wusste Clemens Meier sofort. Nur ein Toter blieb mit reglosem Blick und offenem Mund auf dem Rücken liegen, wenn zwei Leute ihm so nah auf die Pelle rückten, dass sie ihm fast auf die ausgestreckten Beine traten.

Verdammt, dachte Clemens Meier. Verdammt und verdammt noch mal. Wie sollte man so was aushalten können? Und dann würgte es ihn, als wollte sich sein Innerstes nach außen stülpen. Dass er noch nicht gefrühstückt hatte, erleichterte die Sache ein wenig, auch wenn es darauf eigentlich schon nicht mehr ankam.

* * *

»Ich will nur hoffen, dass der uns nicht verarscht.« Kästner war keineswegs davon überzeugt, dass es mit ihrem Einsatz seine Richtigkeit hatte. »Das gibt's doch gar nicht – kein Mensch findet zweimal hintereinander eine Leiche! Innerhalb von vierundzwanzig Stunden!« Er fasste das Lenkrad fester und gab wieder Gas, nachdem er von der Straße abgebogen war. Der Sandweg war breit genug für den Streifenwagen, aber so uneben, dass der Professor auf der Rückbank auf und ab hüpfte wie auf einem orthopädischen Sitzball.

»In der Tat eine ungewöhnliche Koinzidenz«, stimmte er Kästner gut gelaunt zu. »Von der glücklichen Fügung gar nicht zu reden, dass meine Dienstreise mich samt Ausrüstung quasi bis in Ihr Revier geführt hat.« Seine rechte Hand umklammerte den Haltegriff über der Tür, die linke lag auf dem voluminösen schwarzen Koffer mit den Utensilien, die er zur ersten Leichenschau brauchen würde.

Wenn es denn eine Leiche gab.

Auch Pieplow war skeptisch. Einerseits konnte er sich nicht vorstellen, dass jemand sich einen derart makabren Scherz ausdachte. Erst recht nicht Clemens Meier, dem die Sache mit Wanda so offensichtlich an die Nieren gegangen war. Andererseits kam auch ihm die Sache äußerst spanisch vor. Unwahrscheinlich. Absurd. Als ob in einem ebenso schrägen wie schlechten Film jeden Morgen eine Leiche gefunden wird. Immer zur gleichen Zeit. Immer vom selben Mann.

»Wenigstens einen Vorteil hat das. Es macht weniger Schreibkram. Die Personalien haben wir ja schon.« Kästner, der Gelegenheitszyniker, verringerte das Tempo, als hinter einer leichten Linkskurve die Meiers in Sicht kamen. Sie saß als Häufchen Elend im Gras. Er stand so demonstrativ aufrecht, dass es fast trotzig wirkte. Aber dann wich er einen Schritt zurück, als habe er Angst vor Kästner, der als Erster bei ihnen war und sie in forschem Polizeiton aufforderte: »Na, dann erzählen Sie mal!«

Von Ina Meier kam nur ein Schluchzen. Gedehnt und klagend und so voller Hilflosigkeit, dass Kästner sich bückte und ihr unbeholfen die Schulter tätschelte. Weinende Frauen waren nicht sein Spezialgebiet.

Clemens Meier sah tatenlos zu. »Er ist hinter dem Busch«, presste er zwischen verkrampften Kiefern hervor.

Alle Gedanken an einen üblen Scherz wichen der Gewissheit, dass die Situation ernst war. Bitterernst und hoffentlich nicht so blutig wie gestern, wünschte sich Pieplow.

Zuerst sah er die Schuhe. Feste schwarze, wie die

Fischer sie trugen. Darüber eine Hose, in die kein junger Mann freiwillig steigen würde. Dunkelgrau, nicht ganz sauber, vor allem am Schlitz nicht. Ein alter Mann also. Das bestätigten die schwieligen, krummen Hände. Offen und ganz entspannt lagen sie im Gras.

Kein Krampf. Kein Kampf und kein Blut. Auch am Oberkörper nicht, der in einem dunkelblauen Troyer steckte.

Weil Zweige über dem Boden den Kopf verbargen, musste Pieplow sich vorbeugen. Erst dann konnte er erkennen, wer dort lag.

Fritz Niemann. Fiete. Der olle Niemann.

Pieplow holte tief Luft. Vor Erleichterung, weil auch der Kopf und das gelöste, fast staunend wirkende Gesicht unversehrt schienen. Vor Traurigkeit, weil er den Alten gemocht hatte. Den großen Schweiger. Das Fischer-Denkmal, als das er tagein, tagaus am Hafen gesessen hatte.

Der Professor stand dicht hinter Pieplow und brachte sich mit einem Räuspern in Erinnerung.

»Ich will Ihre Andacht nicht stören, mein Guter. Aber aus forensischer Sicht ist es das Sinnvollste, Sie lassen mich jetzt mal allein mit …« Er zog fragend eine Augenbraue hoch.

»Fritz Niemann.«

»Ah ja. Der Name war mir nicht bekannt. Wohl aber das Gesicht. Die Statur. Seine ganze Erscheinung.« Der Professor neigte leicht den Kopf. Es sah aus wie eine letzte Referenz vor dem Großen einer Zunft.

Pieplow wandte sich ab, bevor der Koffer mit den Instrumenten geöffnet wurde. Er ging den Pfad um den Weißdorn zurück und trat in die Sonne.

»Und? Was ist?«, fragte Kästner.

Pieplow berichtete.

»Teufel noch eins, auch das noch«, stöhnte Kästner und wischte sich den Schweiß von der Stirn.

Pieplow fragte nicht, was er damit meinte. Nickte nur stumm auf den Vorschlag, die Meiers zurück nach Grieben zu bringen. Sie brauchten Ruhe. Und die Tabletten, die der Doktor ihnen gestern dagelassen hatte.

»Was ist mit der Kripo?«, wollte Kästner noch wissen, bevor er davonfuhr.

»Machen wir, wenn du wieder da bist.« Pieplow war froh, ein paar Minuten allein zu sein. Er wäre gern ein Stück gelaufen. Bis zum alten Schubboot-Anleger war es nicht weit. Geradeaus auf die Sonne zu, deren Wärme zunahm, aber noch nicht das Sengende der Mittagsstunden hatte. An der properen Hütte des Versuchsgeländes für Lackfarben vorbei. Und dann eine Weile auf dem verlassenen, möwenverschissenen Landesteg stehen. Aufs graugrüne Wasser der Bucht gucken. So tun, als wäre nichts passiert.

Ein Wunsch, den er sich abschminken musste. So viel war klar. Weil er hier im Moment der einzige Polizist war. Weil hinten, von Grieben her, die ersten bunten Tupfer auftauchten. T-Shirts in Farben der Saison. Türkis und Zitronengelb. Urlauber, die zügiger heranrückten, als ihm lieb sein konnte.

Vielleicht kommt Kästner schnell genug zurück, dachte Pieplow. Er drehte kurz den Kopf und warf einen Blick hinter sich. Von Fritz Niemann und dem Professor war nichts zu sehen. Beruhigend, fand Pieplow. Und strategisch günstig, weil er Gaffer auch allein abwimmeln konnte. Solange er hier, am Anfang des Pfades, auf seinem Posten blieb, würde es nichts werden mit neu gierig und schau lustig. Dass er passend zu diesen Gedanken die Daumen in den Uniformgürtel hakte, ließ ihn noch entschlossener wirken.

Während er ernst und nahezu reglos über die Ungestörtheit des Professors und dessen Arbeit wachte, gingen Pieplow die Ereignisse der letzten Stunde durch den Kopf. Ihre Koinzidenz, wie der Professor es ausgedrückt hatte.

Da gab es kurz hintereinander zwei Tote. Und dann in Neuendorf, am anderen Ende der Insel, ein Kind, das unbedingt auf die Welt wollte. Drei Wochen vor der Zeit und ausgerechnet heute. Keine Chance also, dass der Inselarzt Zeit für eine Leichenschau hatte.

»Und was machen wir jetzt?«, hatte Kästner ratlos gefragt. Zufall? Glückliche Fügung? Jedenfalls hatte der Professor nach zwei Brötchen mit Heidelbeergelee die Türklinke schon in der Hand, als zur gleichen Sekunde Kästner anrief.

Selbstverständlich. Keine Frage. Wer, wenn nicht er, war der Richtige, den noch unbekannten Toten zu begutachten.

»Da gibt's nicht viel zu untersuchen.« Die Stimme des Professors riss Pieplow aus seinen Gedanken. »Sogar ich frage mich, was man für einen solchen Tod tun muss. Außer hoffen und wünschen gibt's da wohl nicht viel. So was verdient man sich nicht. So was ist ein Geschenk.«

Pieplow glaubte zu wissen, worauf Dahlke hinauswollte. »Ein natürlicher Tod also?«

Der Professor nickte. Langsam, fast andächtig. »Ganz gewiss. Da bin ich mir so sicher wie ein alter Leichenzausel wie ich nur sein kann, um es mal ganz unwissenschaftlich zu formulieren. Vor gut einer Stunde hat sein Herz einfach den letzten Schlag getan, und gut. Ein schmerzloser erster Schritt auf die große Reise. Nicht mal die kleinen Kratzer am Kopf hat er noch gespürt. Die sind postmortal entstanden, als er nach hinten unter den Weißdorn gekippt ist.«

»Aber warum hier?«, fragte Pieplow.

»Warum nicht? Schauen Sie sich um. Die Weite, der Himmel, das wispernde Schilf – es gibt doch wahrhaftig schlechtere Plätze zum Sterben.«

»Das meine ich nicht. Ich wüsste gern, weshalb der alte Niemann hier war. Er hatte ziemlich feste Gewohnheiten, und Spaziergänge am Bodden gehörten, soviel ich weiß, nicht dazu.«

»Darauf eine Antwort zu finden, ist nun eindeutig Ihr Metier, mein lieber Pieplow. Ich für meinen Teil werde jetzt einen Spaziergang machen. Heim zu meinen Lieben, wenn's recht ist. Dort erreichen Sie mich, wenn

Sie wissen, wo ich die gründliche Leichenschau machen kann und soll. Denn dieser Platz ist zwar zum Sterben schön, aber für eine solide medizinische Arbeit doch eher ungeeignet.« Seinen schwarzen Koffer vertraute er Pieplow an, dann spazierte er mit elastischen Schritten davon, während aus der anderen Richtung der Streifenwagen heranrumpelte.

Pieplow hätte sich denken können, was Kästner entschied, der lieber Wache stand und Chauffeur spielte als nach Kloster zu laufen und der Familie die Todesnachricht zu überbringen.

»Das machst du. Du bist besser in so was«, lobte er großzügig, nachdem Pieplow ihn ins Bild gesetzt hatte. »Ich warte hier auf die Kripo und fahre die Herren dann zum Hafen zurück.«

»Und wie kommen sie her?«

»Mit Hübner. Er holt sie am Schnellboot ab und bringt sie mit.« Kästner grinste zufrieden. Das Bestatterfahrzeug als Polizeitaxi war seine Idee gewesen. Wo Mangel herrschte, war Improvisation alles, und schneller ließ sich auf Hiddensee kein Auto requirieren.

»Na, dann«, sagte Pieplow und fügte sich in den Part, den Kästner ihm zugedacht hatte.

Drei Kreuze würde er machen, wenn er es hinter sich hatte.

* * *

»Du?« Zuerst lag nur Staunen in Bärbel Niemanns Gesicht, dann kam die Frage, die immer gestellt wurde, wenn unerwartet – mit ernstem Gesicht, die Dienstmütze rücksichtsvoll schon abgenommen – die Polizei vor der Tür stand: »Was ist passiert?«

»Können wir ins Haus gehen?«, bat Pieplow und hoffte, dass sie ihm eine Hilfe sein würde, wenn ihre Schwiegermutter erfuhr, was geschehen war. Besser noch, Hans wäre zu Hause und nicht wie alle Tage irgendwo auf Rügen für die Straßenmeisterei unterwegs. Obwohl das möglicherweise auch nichts nützen würde. Hans war wie sein Vater. Verschlossen und schroff. Einer, der es fertigbrachte, wortlos zu verschwinden, anstatt seiner Mutter beizustehen. Der nicht der Typ war, der tröstete. Ganz und gar nicht.

»Nun sag schon, was los ist!« Bärbel Niemann war ängstlich und ungeduldig zugleich. Sie machte keine Anstalten, Pieplow in einen Raum zu führen, in dem man sich setzen konnte.

Also berichtete er auf dem Flur. Zwischen Kommode und Garderobe unter einer Fotografie, die das Niemannsche Anwesen aus der Luft zeigte.

Bärbel Niemann schlug die Hand vor den Mund. »Nein!«, kam es erstickt hinter den Fingern hervor. »Aber wieso?« Sie wich zwei Schritte zurück, bis sie Halt an der Kommode fand. Küche oder Wohnzimmer wären doch besser gewesen. Dann hätte sie sich jetzt auf einen Stuhl fallen lassen können.

»Jemand muss es Mutter sagen.« Ihr Blick ging zwischen Pieplow und einer Tür im hinteren Flur hin und her.

Pieplow nickte. Allerdings. Jemand musste es Käthe Niemann sagen, die noch rüstig, aber nicht mehr die Jüngste war. Und seit fast sechzig Jahren mit Fritz Niemann verheiratet.

»Was müsst ihr mir sagen?« Hinter Bärbel trat Käthe Niemann so überraschend aus der Küchentür, dass ihre Schwiegertochter zusammenzuckte.

»Mutter! Ich dachte, du bist ...«

»Was ihr mir zu sagen habt, will ich wissen«, fiel Käthe Niemann ihr ins Wort.

Sie sah ihre Schwiegertochter an. Streng, fand Pieplow. Ohne Wimpernschlag, wie von einer Vorahnung gewarnt, hörte sie Bärbel zu. Nur ein kurzes Rückwärtszucken des Kopfes ließ ahnen, welchen Schlag ihr die Nachricht versetzte.

»Stimmt das?« Sie fragte tatsächlich bei Pieplow nach.

»Ja, leider ... Es ist ... Mein Beileid auch, Frau Niemann.« Den Alten hatte er geduzt. Das hatte sich in ihren wortkargen Gesprächen auf der Bank am Hafen neben *Willis Fischbarkasse* so ergeben. Bei ihr war das unangebracht. Mehr als guten Tag und guten Weg hatten sie all die Jahre nicht miteinander gesprochen.

»Wo ist er jetzt?«

»Wir haben Hübner Bescheid gesagt. Er holt ihn gerade ab.«

Und war vermutlich längst auf dem Weg nach Bergen, dachte Pieplow. Zur Leichenschau in die Krankenhaus-Pathologie, in der Wanda seit gestern schon lag.

»Kommt gar nicht in Frage! Bringt ihn her. Ich will ihn hierhaben.« Käthe Niemann bat nicht. Sie ordnete an.

»Ich weiß nicht, Frau Niemann. Der Arzt muss ihn noch gründlich ...«

»Aber ich weiß es«, unterbrach sie Pieplow. »Er gehört hierher. In dieses Haus. Deswegen werdet ihr ihn nicht wegbringen. Der Arzt kann seine Untersuchungen auch hier machen.«

»Aber, Mutter.« Bärbel Niemann schien der Wunsch ihrer Schwiegermutter nicht zu gefallen. Jetzt, im Hochsommer. Das Haus voller Gäste und mittendrin der tote Schwiegervater. »Vielleicht ist es besser, der Vater wird drüben zurechtgemacht.« Drüben auf Rügen, und dann, wenn alles seine Ordnung und Richtigkeit hatte, wieder zurück und unter die Erde. So war es auf jeden Fall praktischer.

Käthe Niemann ging nicht darauf ein. Starrte nur zu Pieplow hinüber mit einem Blick, der durch ihn hindurch ging.

»Ich kann mich erkundigen«, bot er an und sah, dass sie nun doch weinte. »Aber Sie müssen damit rechnen, dass die Kollegen die Überführung nach Bergen angeordnet haben«, gab Pieplow zu bedenken, obwohl er bezweifelte, dass sie ihm noch zuhörte.

»Sie hat ihn geholt.« Käthe Niemann sprach halblaut. Monoton, wie zu einer weit entfernten Erscheinung. »Und er wird nicht der Letzte gewesen sein.« Ihre Hand wischte achtlos eine Träne fort, die durch Runzeln und Furchen bis zum Kinn gerollt war.

Verwundert beugte sich Pieplow ein wenig vor, als sei es ein akustisches Problem, dass er nicht verstand, wovon sie sprach. Wer hatte wen geholt?

»Das Mensch holt sich, was sie will. Und sie wird so lange nicht damit aufhören, bis ihr den habt, der das getan hat.«

Ach, du liebes bisschen, dachte Pieplow. Was war das jetzt für ein düsteres Geraune, denn ihm schwante, von wem die Rede war.

»Sprechen Sie von Wanda?«, vergewisserte er sich.

Der Blick kam ganz plötzlich aus der Ferne zurück. Hart und vorwurfsvoll aus kleingezogenen Augen.

»Ganz genau«, sagte sie. »Von Wanda Sieveking. Und von ihrem Mörder.«

10

Harri hörte ein Scheppern. Metall auf Stein. Topfdeckel, tippte er und trat einen Schritt von der Tür zurück, während er darauf wartete, dass jemand ihm öffnete. Doch außer einem Poltern wie von einem umgekippten Stuhl passierte im Haus der Mantheys erstmal nichts. Keine Stimmen, kein Schemen, den er durch das geriffelte Milchglas der Haustür hätte ausmachen können. Nur Stille, in der sein Klingeln laut und deutlich zu hören war, als er zum zweiten Mal auf den Knopf drückte.

»Ich komme!« Wie gesungen kam die Ankündigung aus den offenen Fenstern im ersten Stock.

Harri legte den Kopf in den Nacken und sah nach oben. Nichts. Nur ein Rumpeln und Schleifen, als rückte jemand Möbel um. Erst nachdem eine Zimmertür laut zugeschlagen und Schritte treppabwärts getrampelt waren, wurde die Haustür mit so viel Schwung aufgerissen, dass sie gegen die Flurwand knallte.

Gesine Manthey hatte kaum etwas an. Genau zwei Teile, wenn man die hochhackigen Sandalen nicht mitzählte. In der hauchdünnen weißen Bluse mit den gestrickten Blütenranken am Ausschnitt wäre sie am Strand wohl nicht aufgefallen, aber hier wirkte sie darin nackt. Harri senkte verlegen den Blick, um ihr nicht auf die Brustwarzen zu starren, die spitz und dunkel durch den Stoff schimmerten.

»Und du bist bitte wer?« Sie musterte ihn neugierig, als erinnerte sie sich nicht an ihn. Dabei musste sie ihn gestern gesehen haben. Durch das Fenster, hinter dessen Gardinen sie gestanden hatte. Dann auf seinem Weg am Zaun entlang zur unteren Grundstücksecke. Vielleicht sogar von ihrem Platz auf der Veranda aus, als Harri durch die Hecke gelinst hatte. Er jedenfalls erkannte sie wieder, auch wenn sie gestern ganz anders gewirkt hatte. Krank irgendwie. Schwach und krank. Davon war jetzt nicht das Geringste zu merken, so wie sie da im Hauseingang stand. Eine Hand an der Hüfte auf den Beckenvorsprung gestemmt, dicht über dem schwarzen Slip, den Harri fast so aufregend fand wie die Brustwarzen. Und dass ihre Stimme etwas Kratziges, Sprödes hatte, machte die ganze Sache noch aufregender.

»Harri«, rang er sich ab. »Ich bin Harri.« Gerade noch rechtzeitig war ihm eingefallen, dass er gefälligst in ganzen Sätzen zu antworten hatte. Einzelne Wortbrocken waren unhöflich, behauptete sein Vater.

»Interessant.« Sie kicherte. Albern und ohne Grund. Was, bitte schön, war komisch daran, dass er Harri war?

»Und was möchtest du von mir?« Sie wechselte das Standbein und die Hüftseite, auf die sie die Hand stützte.

»Nichts … also … äh … ich meine, ich wollte den Zaun weiterstreichen«, stammelte er und hätte am liebsten auf der Hacke kehrtgemacht. Obwohl er sonst nichts gegen Frauen mit spitzen Brüsten in durchsichtigen Blusen hatte. Vorausgesetzt, sie waren weit genug weg. Oder, noch besser, auf glatte bunte Zeitschriftenseiten gebannt.

»Nur zu, tu' dir keinen Zwang an! Ich werde dir ja nicht den Pinsel halten müssen, oder?« Jetzt gackerte sie heftig. Mit zurückgelegtem Kopf und zuckendem Oberkörper.

Die Wärme an Harris Hals entwickelte sich zu einem kräftigen Rot. Wie Lehrertinte in Löschpapier breitete es sich unaufhaltsam aus und überzog seine Wangen bis hinter die heißen Ohrläppchen mit Schamfarbe. Ihretwegen, weil eine Frau so was nicht sagt. Jedenfalls keine anständige, verheiratete. Und seinetwegen, weil in seinen Shorts eine Beule drohte, die seine Verlegenheit noch schlimmer machte.

Er wollte hier weg. Am liebsten auf Nimmerwiedersehen, wenn es dafür zu Hause nicht Backpfeifen setzen würde. Ihr aus den Augen. Hinters Haus, seine Malsachen zusammensuchen und möglichst weit weg von dieser Übergeschnappten das tun, wofür er bezahlt wurde. Zaun streichen. Aber dazu musste er in den Schuppen. »Ich wollte nur den Schlüssel für den Schuppen holen«, brachte er einigermaßen flüssig heraus.

Sie reagierte gar nicht darauf. Fragte stattdessen: »Wie spät ist es?«, und streckte sich, als sei es anders nicht möglich, über seine Schulter auf den Gartenweg zu gucken.

»Zehn nach elf«, sagte Harri und hätte schon gern gewusst, nach wem sie Ausschau hielt. In diesem Aufzug.

»Puh! Um zehn nach elf schon eine solche Hitze. Fürchterlich, oder?« Mit Zeigefinger und Daumen hob sie die Bluse am Ausschnitt ein paar Mal an, um sich Luft zuzufächeln. »Man muss viel trinken, wenn es so heiß ist. Das ist wichtig. Sonst kriegt man einen Hitzschlag und kippt um. Einfach so.« Die Armbewegung, die das Umkippen beschrieb, war plump. Wie betrunken.

Das, wurde Harri plötzlich klar, musste die Erklärung sein. Sie hatte in der Sonne gelegen, getrunken und auf jemanden gewartet. Sich die Zeit mit Sekt oder Wein oder sonst was vertrieben. Da waren die trockenen Lippen kein Wunder, über die sie immer wieder mit der Zunge fuhr, ohne dass Feuchtigkeit zurückblieb. Und auch die unsicheren Schritte nicht, mit denen sie zurück ins Haus ging und Harri hinter sich herwinkte.

Er folgte ihr nur widerstrebend, ließ die Haustür weit offen und hielt vorsichtigen Abstand.

»Jetzt komm schon, Harri! So heißt du doch, oder? Harri. Was für ein Name für ein Kind! Hänseln dich die anderen damit? Bestimmt tun sie das. Mit mir haben sie's auch gemacht. Gesine Apfelsine. Das ging ja noch. Draisine war schon schlimmer. Weißt du, was eine Draisine ist?« Sie blieb stehen und sah sich mit prüfendem Blick zu Harri um. »Nun?«, hakte sie nach, als er schwieg.

»So ein Schienending?«

»Genau. So ein Schienending. Und eine Latrine ist ein Donnerbalken.« Bevor Harri ganz begriff, was gemeint war, kreischte sie: »Gesine Latrine! Gesine Latrine!« und wollte gar nicht wieder aufhören. Sie hüpfte im Rhythmus der Wörter und riss dazu die Arme nach oben wie eine Verrückte.

Harri sah wippende Brüste und bei jedem Hoch der Arme den schwarzen Slip unter der weißen Bluse. Hörte das Klacken der Sandalen auf dem Holzfußboden und dachte, dass er noch nie etwas Verwirrenderes erlebt hatte. Etwas, das Abscheu und Angst mit Erregung und Neugier in einem rasenden Kreiseln mischte, von dem er sich ziemlich duselig fühlte. Er wünschte, der Mann käme und machte dem Spuk ein Ende. Aber von Armin Manthey war nicht das Geringste zu sehen oder zu hören. Harri schwante, dass er allein aus dieser vertrackten Lage herausfinden musste. Aber wie? Das war die Frage.

Die Toberei endete genauso plötzlich, wie sie begonnen hatte. Gesine Manthey ließ sich in den Sessel fallen, der ein ganzes Stück weg von Sofa und Couchtisch mitten im Raum stand.

»Ich hab nie begriffen, weshalb sie das machten. Kein Kind versteht das. Gesine Latrine. Warum? Weil ich klein und dünn und rothaarig war? Ängstlich, schüchtern? Weil ich schielte?« Sie hielt eine Hand vor das rechte Auge und ließ die linke Pupille fast im Augenwinkel neben der Nase verschwinden. »Oder weil mein Stall nicht nach Fisch stank?« Ihre ausgebreiteten Arme schienen das Sommerhaus, mit allem, wofür es stand, umfassen zu wollen. »Alte Stralsunder Familie, wenn du verstehst, was ich meine.« Ihr Gesicht verzog sich in einer kindischen Flunsch. Es fehlte nicht mehr viel, und sie würde zu weinen beginnen.

Unter einer alten Stralsunder Familie verstand Harri, ehrlich gesagt, etwas anderes. Anständige, ehrenwerte Leute. Etwas langweilig vielleicht. Oder spießig. Aber keine halbnackte Frau, die sich vor ihm im Sessel fläzte und unaufhörlich sabbelte. Wieder aufsprang und in die Küche stolperte.

»Was trinken. Wir wollten doch was trinken. Warum sagst du denn nichts? Brause? Saft? Oder lieber Tee? Nein, Tee sicher nicht. Hätt' ich auch nicht gemocht, als ich so jung war wie du.« Es klirrte und schepperte, während sie redete. Ohne Punkt und Komma. Ein Wortschwall wie ein Wasserrohrbruch, der an Harri vorbeirauschte, während er Fluchtmöglichkeiten durchdachte und deswegen beinahe überhört hätte, dass sie ihn zum zweiten Mal nach der Uhrzeit fragte.

Es war zwanzig nach elf.

»Schon so spät?« Gesine Manthey lehnte im Rahmen der Küchentür und streckte Harri ein Glas Cola entgegen. »Ich versteh das nicht.« Wieder machte sie dieses traurige Kindergesicht, nur weicher diesmal. Ratloser.

Irgendwie verlassen kam sie Harri vor. Wie eine Zehnjährige, die sich verlaufen hat. Dabei musste sie mindestens viermal so alt sein. Alt genug, um sich das Verrinnen von Zeit selbst zu erklären. Er versuchte es trotzdem. Auch um sie behutsam darauf hinzuweisen, dass er schon längst bei der Arbeit hätte sein können.

»Na ja, als ich kam, war es kurz nach elf, und jetzt ist es schon ...«

»Das weiß ich selbst, Mensch!«, fuhr sie ihn so harsch an, dass er zusammenzuckte. »Ich will wissen, warum sie nicht kommt, verdammt!«

Sie ist verrückt, dachte Harri. Hundert Pro komplett irre. Und ich muss hier weg. Scheiß auf den Zoff, Scheiß auf das Geld!

In vorsichtigen Rückwärtsschritten verringerte er den Abstand zur Tür.

Mit dem, was dann kam, konnte keiner rechnen.

Stocksteif blieb er stehen, als sie auf ihn zustolperte und an seinem Arm zerrte.

»Kannst du sie nicht holen? Bitte!« Jetzt bettelte sie mit Quengelstimme.

»Wen denn?«, brachte Harri heraus und hätte am liebsten Fersengeld gegeben. »Wen soll ich holen?«

»Na, Wanda natürlich. Wen denn sonst? Davon rede ich doch die ganze Zeit. Wanda soll kommen. Sofort, hörst du?«

Ihr Mund war so dicht vor Harris Gesicht, dass ihn Spucketropfen trafen. Und ein Schwall schlechten Geruchs wie aus einem verdorbenen Magen.

11

»Du sollst heute um Mitternacht am Swanti sein«, verkündete Kästner, kaum, dass Pieplow die Tür der Wachstube hinter sich ins Schloss gedrückt hatte. Die feinen Muskeln um Augen und Mundwinkel zuckten verräterisch gegen den Versuch, dienstlichen Ernst zu zeigen.

Pieplow tat ihm den Gefallen. Aus Gewohnheit und weil es immer gut fürs Betriebsklima war, sich auf Kästners Scherze einzulassen.

»Und wieso das? »Er gab sich so erstaunt, wie es erwartet wurde.

»Weil Wanda dorthin kommt und dich zu ihrem Mörder führt.«

»Bitte?«, fragte Pieplow irritiert. »Findest du das jetzt wirklich komisch?« Ihm lagen die Ereignisse der letzten dreißig Stunden noch so schwer auf dem Gemüt, dass er für diese Art Witz wenig Verständnis aufbrachte.

»Frag das die Spinner, die reihenweise bei der Kripo anrufen. Unter Mord tun sie's nicht. Mit so was Langweiligem wie einer einfachen Todesfallermittlung halten die sich gar nicht auf. Schöbel sagt, es sind noch ganz andere Schoten dabei.«

»Was denn, zum Beispiel?«

»Kannibalismus.« Kästner genoss den Blick in Pieplows entsetzten Augen. »Oder ein Medium, das seine Visionen gern in den Dienst der Ermittlungsbehörden stellen würde. Gegen Honorar, versteht sich. Andernfalls müssten wir leider allein herausfinden, was passiert ist.« In Kästners Blick glänzte etwas Triumphierendes. Er hatte es immer gewusst. In dieser Welt wimmelte es von Verrückten. »Auch die Behauptung, Wanda sei einer satanistischen Verschwörung zum Opfer gefallen, ist nicht übel.«

Pieplow ging zur Kaffeemaschine und füllte sich seinen Becher randvoll, bevor er sich setzte und anhörte, was Schöbel sonst noch berichtet hatte, bevor er nach Bergen zurückgefahren war.

Mehr als dreißig Anrufe mit mehr oder weniger sachdienlichen Hinweisen waren seit gestern eingegangen. Etliche aus der Sparte Hellsehen und Wahrsagen inklusive der Ankündigung düsterer Folgen für den Fall, dass Wanda Sievekings Tod nicht gesühnt wurde.

Einigen war Wanda erschienen und hatte Botschaften hinterlassen.

»Dafür, dass sie tot ist, hat sie gut zu tun, das steht mal fest«, flachste Kästner und machte dazu Schwebebewegungen mit den Armen.

Was sollte ihm jemand entgegnen, dem das selbst widerfahren war? Pieplow schwieg mit ausdruckloser Miene. Seine nächtliche Begegnung mit Wanda ging niemanden etwas an. Kästner schon gar nicht.

Zwei Wanderer behaupteten unabhängig voneinander, eine helle Gestalt im Hochland gesehen zu haben.

Einer in der Nähe des Leuchtturms, der andere auf dem Weg aus dem Honiggrund hoch zum Swanti. Beide seien zu weit weg gewesen, als dass sie Genaueres sagen konnten. Aber beide erstaunt, dass außer ihnen noch jemand so spät in der Dunkelheit unterwegs war.

»So sind sie, die Leute. Treiben sich zur Geisterstunde in der Wildnis herum und wundern sich, dass es noch andere Irre gibt, die dasselbe tun.« Kästner hielt sich viel auf seinen gesunden Schlaf zugute. Auf die Idee, nach Sonnenuntergang über die Insel zu streifen, war er seit seiner Jugend nicht mehr gekommen.

Pieplow dachte an die Nächte, in denen er erst gegen Morgen nach Hause gekommen war. Endlich müde und so erschöpft, dass selbst die Gespenster seiner Rostocker Zeit keine Chancen hatten und sein Schlaf traumlos blieb. »Wohl wahr. Solche Irren gibt's.« Das Lächeln, mit dem er Kästner beipflichtete, fiel ein wenig schief aus.

Kästner musterte ihn skeptisch. Für Doppelbotschaften hatte er ein feines Gespür. Doch schließlich sagte er nur: »Schön, dass du da wenigstens meiner Meinung bist«, und schob Pieplow ein Schreiben über den Tisch zu. »Das hat Schöbel eben gefaxt.«

Amtlich, das sah Pieplow schon, bevor es richtig vor ihm lag. Staatsanwaltschaft. Die Obduktionsanweisung für Fritz Niemann. Also doch. »Hat er auch gesagt, warum?«

Kästner zuckte mit den Schultern. »Irgendwas von unklaren Umständen und vorsichtshalber in Anbetracht der Ereignisse. Was weiß ich, was in einem Staatsanwaltskopf vorgeht. In Anbetracht der Ereignisse – das hört sich ja an, als ginge hier ein Serienmörder um.«

Mist, dachte Pieplow. Er würde die Familie informieren müssen. Diesmal nicht, weil Kästner sich vor so was gern drückte. Diesmal, weil er selbst versprochen hatte, sich darum zu kümmern.

»Alles klar. Ich sag' Käthe Niemann Bescheid.«

»Und dem Professor«, ergänzte Kästner.

»Wieso das?«

»Schöbel weiß, dass der Schnippler eigentlich Urlaub hat. Trotzdem soll er gefragt werden, ob er die Obduktion übernimmt, weil er doch schon die äußere Leichenschau gemacht hat.«

»Dann wäre es vielleicht das Einfachste, er ruft ihn an?«

»Schon. Aber der Herr Professor ist nicht erreichbar. Hat sein Telefon abgestellt.«

Pieplow griff wortlos nach Autoschlüssel und staatsanwaltschaftlicher Anordnung.

»Moment, Moment!« Kästner gebot ihm mit erhobener Hand Einhalt. »Das ist noch nicht alles.«

»Was denn noch?«

»Schöbel will wissen, wo Manfred Graber vorletzte Nacht war. Zwei von den Anrufern haben nämlich behauptet, dass Wanda ermordet worden ist und dass sie auch wüssten, von wem.«

»Manfred Graber?«, fragte Pieplow erstaunt.

»Genau der.« Kästner nickte bedeutungsvoll. »Weil ihm das Wasser bis zum Hals steht und weil Marlies als einzige Verwandte Wandas Vermögen erbt, sagen sie. Anonym, natürlich.« Kästners verächtlicher Ton machte klar, was er davon hielt.

»Gibt's denn so was? Ein Vermögen, meine ich.« Pieplow dachte an Wandas Haus. Schön, aber schlicht. Irgendeinen Hinweis auf Reichtum hatte er nicht entdecken können. Aber das musste nichts heißen. Wanda wäre nicht die Einzige, die ein erkleckliches Sümmchen auf der hohen Kante hatte und das sorgfältig verbarg. Das war besser, als den Neid der Hiddenseer zu wecken, denen man nachsagte, sie gönnten keinem auch nur einen Fischschwanz mehr, als sie selbst besaßen.

»Keine Ahnung. Es war nicht die Rede davon, dass sie Geld hatte. Und selbst wenn. Das gibt niemandem das Recht, solche Gerüchte zu verbreiten. Und wenn sich die beiden Pfeifen hundert Mal mit ihm überworfen haben.« Kästner schnaubte empört.

»Wie wär's, wenn du mir verrätst, von wem du sprichst?« Pieplow hatte da so seine Vermutungen, wollte aber sichergehen, dass sie an dieselben Männer dachten.

»Von wem wohl? Der eine war Pulle, da gebe ich dir Brief und Siegel drauf. Und Zorowski. Von den anderen Halunken, denen ich das Gleiche zutrauen würde, ganz zu schweigen.«

Pulle Nowack, der so hieß, weil er praktisch nie ohne Kornflasche unterwegs war, wenn er Hecken schnitt oder Rasen mähte. Der, wenn's schlecht lief, zwei Tage brauchte für das, was Manfred Graber in vier Stunden schaffte und Nowack damit nach und nach fast alle Kunden abspenstig machte. Denn die interessierte nur, wer ihnen zuverlässig den Garten auf Vordermann brachte, und nicht, wer am längsten im Geschäft war.

Und Zorowski. Dennis Zorowski. Ein jähzorniger Tagedieb mit einem Hang zu Schlägereien nach Fußballübertragungen. Als ihn Manfred Graber im vergangenen Jahr vorm *Wieseneck* windelweich prügelte, hatte Kästner sogar mit Reizgaseinsatz drohen müssen, um die Streithähne zu trennen.

»Ich hab Schöbel geraten, sich die beiden mal genau anzugucken, bevor er sich mit solchen Zeugen auf Mördersuche begibt.«

»Sagtest du nicht, die Anrufe waren anonym?«

»Klar waren sie das. Was ja wohl nichts heißt, wenn der eine zwischen Stumpen und Zahnlücke durchnuschelt und der andere das 'R' rollt, als wär' er nicht von hier.«

Noch hatte Kästner die Anrufaufzeichnungen nicht gehört, wusste auch nicht, ob sie ihm jemals vorgespielt würden. Aber wenn, dann würde er die unverwechselbaren Stimmen erkennen, verkündete er, dann wäre Schluss mit der Anonymität von Pulle und Zorro. Und mit jeder Art von Polizistenhöflichkeit. Von wegen Zeugen. »Der größte Lump im Land ist und bleibt der Denunziant. Ist zumindest meine Meinung.«

Und mit der hatte Kästner noch nie hinterm Berg gehalten, das wusste Pieplow.

* * *

Der Besuch bei Käthe Niemann war kurz. Sie bat ihn nicht ins Haus. Sie verzog keine Miene. Stand nur still da mit ihrem krummen Rücken und musterte ihn aus bleichen, wässrigen Augen. Sagte mit tonloser Stimme schließlich: »Dass ihr ihm das antut ...« und machte Pieplow die Tür vor der Nase zu, bevor er etwas erwidern konnte.

Was auch? Oberflächlichkeiten aus dem Ermittlungsalltag? Irgendwas, das sich anhörte wie aus der Strafprozessordnung? Anhaltspunkte. Nichtnatürlicher Tod. Meldung an die Staatsanwaltschaft. Nein, dann war es besser so. Keine Erklärungen, kein Kommentar. Keine Plattitüde, die Käthe Niemanns Schmerz sowieso nicht gerecht wurde.

Und nichts davon, dass Pieplow glaubte, sie zu verstehen.

Dass Fritz Niemann von seiner Insel fortgebracht wurde, war schon bedrückend genug. Wie abstoßend, ihn jetzt auch noch von oben nach unten aufzuschneiden. Ihm die Kopfhaut vom Schädel zu ziehen und das Herz aus dem Leib zu nehmen. Nur um festzustellen, dass es alt war. Alt und müde und nun eben still.

Fürchterlich, dachte Pieplow und schüttelte den Kopf voller Widerwillen. Gegen den Staatsanwalt, den er gar nicht kannte. Gegen Schöbel, weil der Wandas Tod und Fritz Niemanns friedliches Sterben über einen Kamm scherte.

Angesichts der Umstände!

Pieplow schüttelte wieder den Kopf. Verständnislos

diesmal, denn beides hatte nichts miteinander zu tun, das wusste er.

Nur leider nicht, wieso und woher.

Vom Niemannschen bis zum Papeschen Grundstück war es nicht weit. Pieplow ließ den Streifenwagen stehen und ging zu Fuß.

In den Gärten rechts und links des sandigen Weges schien die Mittagsstille vollkommen. Schmetterlinge auf den dunkelvioletten Dolden eines Sommerflieders. Die Arbeit der Bienen in den gelben Kelchen der mannshohen Königskerzen genauso lautlos wie die Plackerei der Ameisen auf ihrer Straße unter dem Baumstamm am Zaun. Über allem der harzige Duft aus den sonnengewärmten Kiefern.

Keine Maschinengeräusche, keine Menschenstimmen. Nicht mal Vogelgezwitscher.

Hinter der Haustür blieb es noch still, nachdem Pieplow ein zweites Mal auf den Knopf über den beiden Namenschildern gedrückt hatte.

Pape. Gottschalk.

Hilde Gottschalk hatte nicht immer bei ihrer Mutter gewohnt. Sie war wieder hier eingezogen, als ihr Mann Anfang der neunziger Jahre beschloss, sich im Westen eine goldene Nase zu verdienen. Dass er damit Erfolg und außerdem ein schlechtes Gewissen hatte, bescherte ihr zwar auskömmliche Unterhaltszahlungen, aber auf Männer war sie seitdem nicht sonderlich gut zu sprechen gewesen. Das hatte sich erst vor zwei Jahren geändert, als im Schlesinger-Fall die Gerichtsmedizin Greifswald hinzugezogen wurde und Professor Wolfgang Dahlke für ein paar Tage Quartier brauchte. Da war Hilde Gottschalk fast sechzig gewesen und alt genug, keinen Pfifferling mehr auf das Gerede zu geben, als sie sich in den Professor verliebte, den die Leute vielleicht nicht ganz zu Unrecht für ein wenig eigenartig, um nicht zu sagen verschroben hielten. Momentan hatte er offenbar alle Verbindungen zur hektischen Welt jenseits des Boddens gekappt und war eingetaucht in die Ruhe der Insel.

Das fand Pieplow keineswegs verschroben, und er störte ihn wirklich ungern. Aber wenn er unverrichteter Dinge wieder abzog, würde es womöglich zu spät für die Obduktions-Anfrage werden. Es sei denn, das Gespräch mit Manfred Graber würde sehr kurz werden. Weil er sich darauf nicht verlassen wollte, öffnete Pieplow das Gartentor und machte sich auf die Suche nach dem Professor. Oder einer verlässlichen Person, die ihn veranlassen konnte, sich mit Schöbel in Verbindung zu setzen.

Er fand sie auf der Bank am Gartentisch. Bei seinem letzten Besuch war er gedeckt gewesen wie auf einem Postkartenidyll. Rosen und Schleierkraut in bauchiger Kanne, geblümtes Geschirr auf weißer Leinendecke. Heute standen Schüsseln und ein großes Sieb auf dem grauen Holz der Tischplatte. Davor saß Waltraud Pape und streckte ihm ihre blutroten Hände entgegen.

»Ich wollte das nicht, Herr Wachtmeister. Aber ich musste es tun.« Sie hielt die Arme so dicht beieinander, als sollten sich Handschellen um ihre Gelenke schließen, und freute sich über ihren Einfall. »Setzen Sie sich doch. Zum Mittag sind Sie zu spät und zum Kaffee ein bisschen früh dran.« Der Kirschsaft troff von ihrer Hand, als sie auf einen Stuhl neben sich wies. »Aber wenn ich die paar Dinger noch entkernt habe, setze ich Wasser auf.« Die paar Dinger waren mindestens fünf Kilo Schattenmorellen, die in einem Eimer zu ihren Füßen aufs Entsteinen warteten.

»Schönen Dank auch, Frau Pape, aber ich komme nicht zum Kaffeetrinken. Ich müsste nur kurz mit Professor Dahlke sprechen, wenn's geht.«

»Wie spät ist es denn?« Sie hatte ihre Arbeit wieder aufgenommen und sah nicht auf.

»Zwanzig nach zwei.«

»Na, sehen Sie, ist doch die Zeit, wo man ein Tässchen vertragen kann. Wenn ich ins Haus gehe, sage ich Bescheid, dass Sie da sind. Nun setzen Sie sich schon und leisten mir ein bisschen Gesellschaft.«

Etwas von fehlender Zeit und dringenden Dienstgeschäften lag Pieplow auf der Zunge. Aber dann ging sein Blick durch den Garten mit dem ausladenden Apfelbaum und dem schläfrigen Kater, der nur ein halbgeöffnetes Auge auf den ungewohnten Besucher hatte, bevor er sich auf die Seite rollte, um sein getigertes Bauchfell in die Sonne zu halten.

Was soll's, dachte er. Es gibt schlechtere Plätze, um ein unerfreuliches Gespräch auf die lange Bank zu schieben. Und mit Waltraud Pape war ganz sicher besser

Kirschen essen als mit Manfred Graber. Auch wenn sie Haare auf den Zähnen hatte, wie es hieß.

Also setzte er sich.

»Worum geht's denn, wenn man fragen darf?«

Behaarte Zähne und neugierig, dachte Pieplow, das lässt sich gewiss polizeilich nutzen.

»Och, dienstlich«, gab er knapp wie gelangweilt Auskunft. Seine Intuition sagte ihm, dass man alte Damen mit elsternschnellen braunen Augen und hellhörigen Ohren am besten ein wenig schmoren ließ. Das erhöhte Wissbegier und Mitteilungsbedürfnis gleichermaßen.

»Geht's um Wanda?«

»Auch. Ja.« Pieplow beugte sich vor und stibitzte ein paar weiche, entsteinte Früchte. »Kirschmarmelade?«

»Auch, ja«, machte sie ihn nach und klang leicht pikiert.

Pieplow kaute und schwieg.

»Schreckliche Geschichte.« Mit einem Seufzer nahm Waltraud Pape den Gesprächsfaden wieder auf. »Und nun auch noch die Sache mit Fritz. Einfach furchtbar. Obwohl ... na ja, komisch ist es schon, oder finden Sie nicht?«

»Was?« Pieplow war irritiert. Was, bitte schön, sollte an zwei Toten komisch sein?

»Merkwürdig, besser gesagt«, korrigierte sie sich. »Ja, merkwürdig ist es schon ... so kurz hintereinander ... als wenn er ihr gefolgt wäre.« In Waltraud Papes langsamem Kopfschütteln lag Verwunderung. »Nach all den

Jahren …«, murmelte sie gerade so laut, dass Pieplow sie verstand, ohne zu wissen, worauf sie hinauswollte.

»Das hört sich ja an, als hätte er das früher schon mal getan. Ihr folgen.« Pieplow war interessierter, als er sich anmerken ließ.

»Ja, sicher doch, wussten Sie das nicht?«

»Vielleicht war das vor meiner Zeit?« Pieplow ließ offen, welche Zeit er meinte. Die auf Hiddensee oder die überhaupt auf dieser Welt.

Über den Rand ihrer Brille hinweg sah sich Waltraud Pape sorgfältig um. Nach links, wo der Kater nicht mehr unter dem Apfelbaum lag, und nach rechts zum Haus, in dem es noch immer so still war, als sei niemand da.

»Ende der Siebziger muss es gewesen sein, genauer weiß ich es auch nicht mehr.« Waltraud Pape rückte auf ihrer Bank ein wenig nach hinten und lehnte sich an. Wer bequem saß, hatte mehr vom Geschichtenerzählen.

Diese, so rechnete Pieplow nach, musste sich zugetragen haben, als er ABC-Schütze war.

Fritz Niemann war damals schon kein junger Hüpfer mehr. Wanda auch nicht, obwohl sie gut zehn Jahre jünger war als er und gut aussah. Sehr gut. Trotzdem gab es keinen Mann in ihrem Leben. Jedenfalls nicht, soweit man wusste. Denn von dem, was drüben in Bergen passierte, erfuhr man nicht viel. Höchstens, es lag jemand im Krankenhaus. Dann traf man Wanda natürlich öfter. Als Patient oder Besucher, je nachdem. Immer war sie freundlich, immer patent. Aber nie sah man sie mit einem Mann, den sie näher zu kennen schien.

»Sie wird ihre Gründe gehabt haben.« Waltraud Pape zog nachdenklich die Mundwinkel nach unten und zuckte mit den Schultern. »Was weiß ich. Ist ja auch nicht immer das reinste Honigschlecken, so eine Ehe.« Sie machte eine Pause, mit der sie Pieplow die Gelegenheit gab, sich zu dieser Erkenntnis zu äußern. Möglich, sagte ihr Elsternblick, dass ich dann erfahre, warum er in Hinsicht Ehe so wenig zu Potte kommt. Es hätte sie interessiert. Und ein paar andere Damen auch noch, die sich fragten, warum ein so gutaussehender Enddreißiger mit Pensionsanspruch nicht unter die Haube zu bringen war.

Pieplow verzichtete auf einen Kommentar. Stattdessen nahm er noch ein paar Kirschen.

»Aber dass sie sich ausgerechnet in Fiete Niemann verguckt – nee! Und wie, sag ich Ihnen! Man konnte nur den Kopf darüber schütteln.« Das tat sie jetzt, dreißig Jahre später, noch einmal so ausführlich, dass ihr faltiges Doppelkinn nachbebte.

Alle hatten es gewusst, erfuhr Pieplow, auch wenn die beiden dachten, es merkt keiner was. Solche Sachen ließen sich nicht geheim halten. Nicht auf Hiddensee. Auch nicht, dass bei Niemanns zwei Jahre der Haussegen schief hing wie ein Kutter im Kaventsmann. Böses, bitteres Schweigen, in dem Käthe Niemann immer härter und kälter wurde.

»Und Fritz?«, fragte Pieplow, obwohl er sich denken konnte, wie der alte Niemann sich aus der Affäre gezogen hatte. Im wahrsten Sinne des Wortes.

»Der?« Waltraud Pape pustete verächtlich Luft durch die Nase. »Der hatte sein Schiff und seinen Schnaps. Damals schon. Wenn auch noch nicht so viel wie später.«

Pieplow nickte. So kannte er den ollen Niemann. Schweigend am Hafen sitzen. Ständig die Pfeife im Mund und keinen Schnaps ablehnen, wenn einer ihn anbot.

»Für die Jungs war's schwer«, fuhr Waltraud Pape fort. »Die sind gar nicht mehr nach Hause gegangen, wenn's nicht unbedingt sein musste. Haben sich lieber am Hafen herumgetrieben. Oder draußen am Schubboot-Anleger. Manfred vor allem. Der war damals schon verrückt nach Autos. Kein Wunder, dass ...«

»Wer?« Pieplow war mit einem Mal sehr aufmerksam. Schon als sie von *den Jungs* sprach, hatte er aufgehorcht. Dass jetzt von Manfred die Rede war, ließ ihn noch hellhöriger werden.

»Ich dachte, der junge Niemann heißt Hans. Gab es denn noch einen Sohn?«

Waltraud Pape musterte ihn zwei zögernde Sekunden lang. Du sollst nun der Richtige sein, Licht ins Dunkel der Inselabgründe zu bringen?, fragte ihr Blick. Ein Utwartscher, der von nix eine Ahnung hat? Nun ja.

»Nicht direkt. Aber großgezogen haben sie ihn, den Sohn von Käthes Schwester. Manfred Graber. Wussten Sie das nicht?«

Pieplow schüttelte den Kopf. »Und warum? Was war mit den Eltern?«

Waltraud Papes stummer Fingerzeig wies durch den Garten, am Haus vorbei Richtung Westen, wo hinter den Bäumen die See lag. »Abgehauen. Anfang der Siebziger schon.« In ihrer Stimme schwang deutlich Verachtung.

»Abgehauen?«, echote Pieplow und erhielt ein nachdrückliches Nicken zur Antwort.

»Und das Kind hiergelassen?«

»Tja.« Was sollte man mehr dazu sagen? So was hatte es eben gegeben. Auch hier. Leider.

Sie schwiegen eine Weile. Waltraud Pape wieder mit ihren Kirschen und Pieplow mit der Frage beschäftigt, ob das alles, polizeilich gesehen, überhaupt von Bedeutung war.

»Vor dreißig Jahren hätte ich gesagt, sie waren's«, half Waltraud Pape ihm auf die Sprünge. »Sie haben Wanda von der Klippe gestoßen.«

»Wer?«

»Hans und Manfred natürlich. Die beiden haben sie gehasst, für das, was sie Käthe angetan hat. Erst recht ...« Wieder ein schneller, sichernder Blick und die Stimme zum Raunen gesenkt. » ... erst recht, nachdem Manfred die beiden erwischt hat. Fritz und Wanda in flagranti sozusagen. Und wissen Sie wo?« Kunstpause. »Unten am Bodden bei Fietes Aalbucht. Da, wo ihr ihn heute Morgen gefunden habt.« In Waltrauds Miene zog Mitleid. Nicht mit dem toten Niemann, wie Pieplow zunächst glaubte. »Für den Jungen wird's ein Schock gewesen sein. Und ein Grund mehr, Wanda die Pest an den Hals zu wünschen.«

»Sie sehen, mein lieber Pieplow, Waltraud gibt der Mordtheorie den Vorzug. Wie so mancher hier, fürchte ich. Dagegen ist auch mit den besten Sektionsergebnissen nicht anzukommen.« Ausgeruht, mit rosigen Wangen und frisch gekämmtem Haarkranz trug der Professor das Tablett mit Kaffeegeschirr vor sich her. Wie ein Kellner das Serviertuch über dem Unterarm die Tischdecke. Blau geblümt diesmal. »Sind Sie schon lange hier?«

»Eine Dreiviertelstunde.« Waltraud Pape antwortete, obwohl die Frage an Pieplow gerichtet war. »Ihr habt euch ja Zeit gelassen.«

Der Professor strahlte zufrieden. »Ich sage nur Heringsfilet, Pellkartoffeln, Specksoße, grüner Salat, Vanille-Pudding mit Sauerkirschen – führt unweigerlich zu Suppenkoma. Postalimentäre Somnolenz, wie man so schön sagt.«

Postalimentär?, fragte sich Pieplow, als Hilde Gottschalk mit Milch und Kaffeekanne aus dem Haus kam. Er dachte an etwas ganz anderes und bekam vor Verlegenheit fast so rosige Wangen wie Hilde und der Professor.

12

»Er ist nicht da.« Marlies Graber hatte Wäsche abgenommen und knüllte mit geballten Fäusten einen Bettbezug vor der Brust. Sie trug noch dieselben Sachen wie gestern und hatte ungewaschenes Haar. Ein Bild des Jammers. Und doch erinnerte es Pieplow an eines, das er vor kurzem in der Hand gehalten hatte. Das gerahmte Foto einer Zehnjährigen, brav gekämmt, in Bluse und Trägerrock neben ihrer Tante. »Was willst du von ihm?« In ihren rotgeweinten Augen stiegen schon wieder Tränen auf. Und Angst. Wie in einem Albtraum.

»Mit ihm reden, sonst nichts. Weißt du, wo er ist?« Zu spät war Pieplow eingefallen, dass Manfred Graber nicht zu Hause sein würde. Die Mittagsruhe war vorüber und Rasenmäherlärm wieder erlaubt. Pieplow kam nicht umhin, Marlies Graber zu fragen, wo ihr Mann zu finden war.

»Keine Ahnung.« Sie schüttelte den Kopf. Gedankenverloren, langsam. Hörte gar nicht damit auf, so als beruhigte es sie, ihr Gehirn in leichter Schwingung zu halten. Wie ein verlassenes Kind.

Ein verlassenes Kind in einem Albtraum.

»Gibt es keinen Plan, in dem du nachsehen könntest? Einen Kalender oder so was, in dem er seine Termine einträgt?«

Ohne zu antworten, sah sie Pieplow sekundenlang an.

»Schon«, sagte sie schließlich zögernd. »Aber da brauche ich nicht hineinzusehen. Er ist nicht zur Arbeit.« Ihr Blick ging hinüber zum Werkzeugschuppen. »Der Mäher ist da und alles andere auch.« Sie drehte sich wieder zu Pieplow um. »Was willst du denn wissen? Wenn es um Wanda geht, weiß ich bestimmt besser Bescheid als er. Also frag mich.« Mit einer monotonen Bewegung strich sie über den Stoff, der ganz knittrig war, wo ihre Fäuste sich hineingekrallt hatten.

»Wir möchten wissen, wo dein Mann vorletzte Nacht war.« Wahrscheinlich würde sie ohnehin diejenige sein, die Manfreds Angaben bestätigen musste. Zu Hause, im Bett, bei meiner Frau. Es sprach also, entschied Pieplow, kaum etwas dagegen, ihr diese Frage zuerst zu stellen.

»Warum?«

»Es hat Hinweise gegeben, denen nachgegangen werden muss, um auszuschließen, dass ...«

Davon, dass Ermittlungen auch Entlastendes zutage fördern sollten, wollte Marlies Graber nichts hören. »Was soll das heißen – Hinweise?«, unterbrach sie ihn. »Wenn du damit meinst, dass ihn jemand angeschwärzt hat, dann sag es – und am besten auch gleich wer!« Sie ärgerte sich und das machte sie lebendig.

»Das kann ich nicht, Marlies. Selbst wenn ich wollte«, sagte Pieplow wahrheitsgemäß.

Sie nickte. »Klar. Kannst du nicht. Darfst du nicht. Ihr deckt ja lieber die, die nichts Besseres zu tun haben, als andere mit Dreck zu beschmeißen.«

»Das stimmt nicht, und das weißt du. Versuch doch, es positiv zu sehen. Ich frage euch, wo Manfred vorletzte Nacht war, ihr antwortet und damit kann die Sache vom Tisch sein.«

Marlies Graber seufzte tief und strich sich mit einer resignierten Geste über das Gesicht. »Für euch vielleicht, aber für die Leute? Wie sie mich angucken, wenn ich ins Dorf gehe. Und die Köpfe zusammenstecken, sobald ich außer Hörweite bin. Glaubst du, für die ist das erledigt, wenn du die Antworten auf deine Fragen hast?« Ihre Stimme klang müde. »Es ist ein bisschen viel im Moment. Die Sache mit Wanda. Die Arbeit, das Haus. Die Gäste. Alles eben. Und nun habt ihr auch noch Manfred auf dem Kieker … Ich mag nicht mehr, verstehst du? Mir wächst alles über den Kopf.«

Es ist noch mehr, dachte Pieplow, dem die verschandelten Kunstwerke am *Klausner* einfielen, auf die irgendwann auch noch die Sprache kommen musste. Wenn auch nicht unbedingt jetzt.

»Versuchs draußen am Schubboot-Anleger«, sagte Marlies Graber. »Da ist Manfred manchmal, wenn er für sich sein will. Vielleicht erwischst du ihn dort.« Sie hob den Wäschekorb auf und ging zum Haus.

Zum zweiten Mal an diesem Tag bog Pieplow vor Grieben nach rechts ab. Ließ den Streifenwagen über den Boddenweg holpern und versuchte sich vorzustellen, wie es vor dreißig Jahren hier zugegangen war, als noch über diese Sandpiste rollte, was auf die Insel transportiert wurde. Baumaterial und Bier. Briefe, Pakete. Die Grenztruppen und ihre Versorgung. Alles auf Lastwagen, die damals das Schubboot ans Schwedenhagener Ufer brachte. Und dann wurde losgeheizt, was Motoren und Achsen hergaben. Hoch auf den Dornbusch zur Stellung der Beobachtungskompanie. Durch Kloster und Vitte hinunter nach Neuendorf. So oft und so lange, wie die natürlichen Feinde des Autoverkehrs es zuließen. Das Wetter, der Sandweg. Die Polizei.

Von der alten Betriebsamkeit war nichts geblieben außer ein paar Metern rostender Stahl, vier abgeschalteten Bogenlampen und ein paar Metern Betonpiste, über die längst Gras wucherte.

Ein einsamer Ort, den nur noch mit Leben füllte, wer sich erinnerte. An Gestank und Lärm und das Dröhnen hochgefahrener Motoren. An das knirschende, quietschende Zerren der großen Winde, an der Manfred Graber lehnte. Den Blick auf den Bodden gerichtet, wo die Fahrrinne gewesen sein musste. Seit fast zwanzig Jahren nicht genutzt. Nicht mehr schiffbar, versandet.

Pieplow stellte das Auto am Ende der Betonpiste ab. Das Gras dämpfte das Geräusch seiner Schritte, als er auf den Mann an der Seilwinde zuging.

»Moin, Manfred.« Pieplow machte sich schon aus einiger Entfernung bemerkbar.

Manfred Graber wandte den Kopf und starrte ihm entgegen. Seine Hände, tief in den Taschen der Arbeitshose verborgen, waren zu Fäusten geballt. In seinem Gesicht hatte die Zeit hinter dem Lkw-Lenkrad ihre Spuren hinterlassen. Die Sonne hatte es durch die Scheiben gegerbt und zerklüftet, auf der Stirn und um die hellblauen Augen den Ausdruck höchster Konzentration eingeprägt und ihm die Entschlossenheit gegeben, die haben muss, wer auf sich allein gestellt ist.

»Was willst du?«, schnauzte er, ohne Pieplows Gruß zu erwidern.

Pieplow beschloss, nicht lange drum herumzureden. »Dich fragen, wo du vorgestern Nacht warst. Sagen wir zwischen elf und vier.«

»Was soll das denn?« Dass er die Arme jetzt in die Seiten stemmte, ließ ihn noch kräftiger und Pieplow daneben wie einen Hänfling wirken. »Dreht ihr jetzt komplett am Rad? Wo ich vorgestern war, geht dich einen Scheißdreck an!«

Pieplow zog langsam eine Schulter hoch und machte ein skeptisches Gesicht. Sagen musste er nichts. Manfred Graber war nicht blöd. Brauchte eben nur eine Weile, bis er einsah, dass es vernünftiger war, Auskunft zu geben.

»Wer war's? Wer hat mich angeschwärzt?« Graber spuckte aus, verächtlich und voller Wut. Der Qualster klatschte unangenehm dicht vor Pieplows Schuhspitzen auf den Beton.

»Darum geht es nicht.« Pieplows Ton wurde scharf. »Sag, wo du warst. Ich nehme es zu Protokoll, leite es weiter, und die Sache ist erledigt. Wenn du dich querstellst, muss ich dich nach Bergen bringen. Oder die Kripo holt dich. Mit allem Tamtam, wenn du es drauf anlegst.«

In Grabers Gesicht arbeitete es. »Zu Hause, verdammt! Ich war zu Hause, wo denn sonst?«

»Im Hochland zum Beispiel. Du wärst nicht der Erste, der sich da rumtreibt.«

»Schwachsinn. Wozu denn? Um alte Weiber den Swanti runterzuschubsen? Du hast doch nicht alle Latten am Zaun!« Graber tippte sich zornig gegen die Stirn. »Warum sollte ich so was Hirnrissiges tun?« Er trat mit so viel Wucht gegen die Seitenwand der Winde, dass Rost nach allen Seiten spritzte.

»Sorgen?«, schlug Pieplow vor. »Es heißt, dir steht das Wasser bis zum Hals. So was kann einen doch um den Schlaf bringen.« Und zum Mörder machen, ergänzte er stumm und erkannte, dass Graber dasselbe dachte.

»Na klar! Die Alte hatte ja Geld!«, rief er höhnisch. »Geld, das einer gut brauchen kann, dem die Bude überm Kopf verrottet! Dem kein Aas mehr was leiht, um den ganzen Scheiß am Laufen zu halten!« Er machte einen Schritt auf Pieplow zu und senkte die Stimme. »Ich sag dir was. Dagegen, dass die Alte tot ist, hab ich nichts. Ich konnte sie nicht ausstehen mit ihrem verlogenen Geist-und Seele-Gesülze. Wenn du's genau wissen willst – ich konnte sie so wenig ausstehen, dass ich mich lieber aufhänge, als ihr Geld zu nehmen.« Er fuhr sich dort, wo der Strick sitzen musste, mit den Fingerspitzen am Hals entlang. »Und jetzt lass mich in Ruhe!« Er drehte sich um und sah wieder aufs Wasser.

Aber Pieplow war noch nicht fertig. »Wenn du zu Hause warst, wie du behauptest, warum hast du dann nicht gemerkt, dass dein Junge nicht da war?«

»Wer sagt das?« Graber fuhr herum, die Hand wie zum Schlag hochgerissen, als solle Pieplow die Ohrfeigen beziehen, die Harri zugedacht waren.

»Ich sage das. Also: Warum?«

»Was weißt du schon? Durchs Fenster abgehauen ist er, wie immer. Aber seine Abreibung hat er dafür schon gekriegt.«

In Pieplows langsamem Seitwärtsnicken lag Zweifel. Ob am Wahrheitsgehalt der Aussage oder an der Wirksamkeit der Erziehungsmethode, ließ er offen. Fragte nur: »Wo ist er jetzt?«

»Harri?«

»Mh.«

»Arbeiten.« Graber war unwirsch und offensichtlich entschlossen, sich jedes Wort aus der Nase ziehen zu lassen.

»Wo?«

»Kennst du nicht.«

»Das lass mal meine Sorge sein. Name, Adresse?«

»Manthey. Zum Hochland Ecke …«

Pieplow winkte entnervt ab. »Ich weiß, wo das ist.« Er hatte genug von Grabers Geschnauze und ging grußlos zum Auto.

»Wenn du ihn vernimmst, ohne dass wir dabei sind, gibt's Ärger, Pieplow!«, brüllte Graber hinter ihm her.

Pieplow drehte sich nicht um. Hob nur die Hand zum Zeichen, dass er gehört hatte und tun würde, was er für richtig hielt.

Nirgendwo stand, dass ein Dreizehnjähriger nicht ohne elterliche Erlaubnis mit der Polizei reden durfte. Und schon gar nicht, dass ein verdächtiger Vater es ihm verbieten konnte.

* * *

Kästner wartete schon. Weniger auf Pieplow und seinen Bericht als auf den Streifenwagen.

»Wenn ich schon Bereitschaftsdienst schiebe, will ich wenigstens gegessen haben, wenn's losgeht.« Das klang schwer nach Reeperbahn und Davidswache, und Pieplow staunte wieder einmal über die Selbstverständlichkeit, mit der Kästner Großstadtreviersätze produzieren konnte. Hier wenigstens ging nach dem Abendbrot selten was los. Das stand, wenn es nach Kästner ging, spätestens um sechs auf dem Tisch, und was an Polizeieinsätzen dann noch kam, spielte sich im Fernseher ab. Meistens wenigstens.

Nichtsdestotrotz musste griffbereit sein, was Kästner jetzt zusammenlegte. Koppel, Holster, Pistole, Reizgas, Handschellen.

»Na prima«, kommentierte er Pieplows Bericht. »Unfall ohne Zeugen. Keine Hinweise auf eine Straftat und der einzige Denunzierte ist zwar nicht nett, hat aber ein

Alibi und einen missratenen Sohn, dem wir, wenn du nichts dagegen hast, morgen mal auf den Zahn fühlen werden. Ihm und den anderen Flitzpiepen.«

Eine Zusammenfassung wie ein Leipziger Allerlei, zu der Pieplow nichts sagte. Auch nichts über das Gefühl, das ihn beschäftigte. Das schon den ganzen Tagen mitschwang wie ein misslicher Ton. Die Sorge, er könnte etwas übersehen, oder nicht ernst genug nehmen. Genau wie alle anderen, die sich mit Wandas Tod befassten.

»Was ist, soll ich dich nach Hause fahren?«, riss Kästner ihn aus seinen Gedanken.

»Nee, lass mal. Ich muss noch einholen. In meinem Kühlschrank ist Ebbe.«

Das waren Sorgen, die Kästner nicht hatte, der es sich als persönlichen Verdienst anrechnete, eine Frau gefunden zu haben, die mit beiden Beinen im Leben stand, es mit ihm, dem mecklenburgischen Bollerkopf, aushielt und tatsächlich jeden Tag kurz vor sechs das Essen bereithielt. Und natürlich einen vollen Kühlschrank.

Sie verließen die Wache gemeinsam. Traten im Rathausflur, den sich Polizei und Kurverwaltung teilten, beiseite, um eine Urlauberfamilie vorbeizulassen und zogen dann jeder seines Weges. Kästner in sein wohlgeordnetes Zuhause ganz im Süden der Insel. Pieplow an der Mühle vorbei hinaus auf den Seedeich.

Den ganzen Tag war ein leichter Wind gegangen und hatte kleine, kribbelige Wellen gemacht. Jetzt legte er sich und ließ die See in Ruhe. Was man von den Kindern am Wassersaum nicht sagen konnte. Sie tobten und kreischten unter den sonnenmüden Blicken der Eltern, schaufelten sich gegenseitig Wasser mit bloßen Händen über Kopf und Körper und schoben im Laufen glitzernde Bugwellen vor sich her.

Pieplow seufzte. So viel Lebensfreude. Schön.

Er wollte sich diese Stimmung bewahren. Wenigstens für kurze Zeit, bis ihn das Düstere wieder anflog, das über den letzten beiden Tagen gelegen hatte wie ein graues stickiges Tuch.

Sein Blick folgte den Schiffen am Horizont, bis sie hinter der grünen Kuppe des Hochlands seewärts davonzogen. Er hörte im Sanddorngestrüpp unter den Nadelschirmen der Windflüchter die letzten Abendgesänge der Sprosser und sah Graureiher im eleganten Gleitflug auf den Boddenwiesen landen.

Als er kurz vor Feierabend den Insel-Markt betrat, fühlte er sich tatsächlich fast unbeschwert.

Das änderte sich schlagartig, weil Gudrun, die Hände in ratlosem Schrecken an die Wangen gelegt, in den Gang vor ihrer Kasse starrte.

»Jetzt ist aber Schluss!«, rief dort jemand. Mutig und laut, aber vergeblich.

Der dumpfe nasse Knall, mit dem etwas auf dem Boden zerschellte, ließ auf eine Flasche schließen.

»Schnauze!«, keifte eine Frauenstimme.

»Wir rufen die Polizei!«, warnte Heiko, der Lehrling. Er hielt sich tapfer, wenn auch in sicherer Entfernung, das sah Pieplow, als er mit zwei großen Sätzen zwischen die Regale sprang.

»Mach doch, du Arsch!« Die Frau sah fürchterlich aus. Rotes struppiges Haar über einem Gesicht mit breit verschmiertem Lippenstift. Zu einem dünnen Rock eine noch durchsichtigere Bluse. Zerdrückt und zerknittert, als habe sie darin geschlafen. Um den Hals ein halbes Dutzend Ketten, deren Gewicht den Stoff zwischen ihren Brüsten flachdrückte. Silber, Perlen, Bernstein wahllos übereinandergehängt.

»Was gibt's da zu glotzen?«, fauchte sie, als Pieplow sich näherte.

Er hob beschwichtigend die Hände und machte einen weiteren Schritt auf sie zu. Bilder von längst vergessen geglaubten Einsätzen schossen durch seinen Kopf. Bilder von grell geschminkten Frauen auf dem Rostocker Kiez. Gereizt und unberechenbar in ihrer betrunkenen Wut. Nie hatte er voraussehen können, was der Anblick einer Uniform bei ihnen auslöste. Hysterische Raserei, hilfloses Weinen. Flucht.

Aber hier war nicht Rostock. Er war nicht auf dem Kiez und die Frau keine Hure. Auch wenn sie so aussah, wie sie dort stand und sich nur mühsam auf ihren hochhackigen Schuhen hielt.

Gesine Manthey.

Pieplow konnte kaum glauben, dass diese zerfledderte Jammergestalt die Frau sein sollte, der er hin und wieder begegnet war.

»Beruhigen Sie sich«, sagte er und legte eine Hand

leicht an ihren Oberarm. »Wir regeln das hier und dann begleite ich Sie nach Hause.«

»Nix da, Pfoten weg!« Bei Pieplows Versuch, sie zum Ausgang zu führen, riss sie den Arm zur Seite und mit dem Ellenbogen zwei Dosen Mais herunter.

»Jetzt ist aber Schluss, Frau Manthey! Gehen Sie nach Hause. Wir bringen das morgen in Ordnung, wenn Sie ausgeschlafen haben.« In der Deckung von Pieplows Rücken konnte Gudrun jetzt energisch werden.

»Misch dich nicht ein, du dämliche Schnepfe. Du siehst doch, dass ich einkaufen muss.«

Viel war es nicht, was Gesine Manthey wollte. Milch, Mineralwasser, Tee. Hagebutte und Pfefferminz.

Schneller als jemals in seiner bisherigen Lehrzeit suchte Heiko zusammen, was die Kundin wünschte, die mit lauerndem Blick jedem seiner Handgriffe folgte. Die darauf bestand zu bezahlen, was sie mitnahm, aber ihr Portemonnaie allein nicht mehr öffnen konnte.

Gudrun war es gewohnt, Scheine und Münzen aus Geldbörsen zu fingern, die hilflose Kunden ihr entgegenstreckten. Nur waren die in der Regel alt und selten unter Polizeischutz. Eigentlich nie, musste man sagen.

Mit vereinten Kräften bekamen sie Gesine Manthey am Ende doch aus dem Laden.

»Verpiss dich!«, fauchte sie, als Pieplow sie begleiten wollte.

»Stramm wie eine Strandhaubitze.« Gudrun, die

neben ihm stand, nahm eine Hand aus der Kitteltasche und machte eine Kippbewegung zum Mund. »Man sollte meinen, bei Leuten wie den Mantheys kommt so was nicht vor. Anscheinend ja doch. Fragt sich bloß, wieso? Haben alles, kriegen alles. Nur wohl den Hals nicht voll, wie's aussieht.« Sie schüttelte angewidert den Kopf.

»Was meinst du damit: Haben alles, kriegen alles?«, fragte Pieplow.

»Hast du noch nie was über die Mantheys gehört«, fragte Gudrun zurück. »Muss man, wenn man mal richtig neidisch sein will. Immobilien, Häuser und Grundstücke in Stralsund. Geerbt. Rückübertragen, gekauft, verkauft. Am laufenden Band. Mit denen ist es nach der Wende richtig bergauf gegangen. Und sie ...«, Gudruns abfälliges Nicken galt Gesine Manthey, die längst in den Hügelweg eingebogen und außer Sicht war, »... sie hat alles gekriegt. Natürlich auch das Haus hier auf Hiddensee.«

»Eins verstehe ich nicht ...«, begann Pieplow.

»Was gibt's denn da nicht zu verstehen?«, empörte sich Gudrun. »Die alten Mantheys waren reich, die jungen sind noch reicher. Der Esel scheißt eben immer auf denselben Haufen.«

Es war nicht die alte Volksweisheit, die Pieplow Verständnisschwierigkeiten bereitete. Auch nicht das damit zum Ausdruck gebrachte Prinzip der Kapitalakkumulation. Es war die Sache mit den Namen. Wenn die alten Mantheys Gesines Eltern waren, warum hieß sie dann genauso? Und der Ehemann auch. Oder war Gesine am Ende gar nicht seine Ehefrau?

»Oh, doch«, klärte Gudrun ihn auf. »Sie ist mit ihm verheiratet. Ziemlich spät zwar, aber immerhin. Ein paar Jahre muss das schon her sein. Drei oder vier, schätz ich mal. Und der Mann – große Klasse, sag ich dir. Er kommt zwar nicht oft in den Laden, aber wenn ..., immer nett, sehr charmant ...«

»Ich kenne ihn«, warf Pieplow ein, bevor Gudrun vollends ins Schwärmen geriet. »Aber wieso heißt er Manthey?«

»Keine Ahnung.« Gudrun zog Schultern und Augenbrauen hoch. »Bin ich zuerst auch drüber gestolpert. Gibt's ja nicht so oft, dass ein Mann seinen Namen aufgibt, wenn er heiratet. Höchstens, er heißt Schweißfuß oder so. Das will man ja nicht mal als Doppelnamen.« Sie kicherte bei dem Gedanken. Schweißfuß-Manthey, das ging ja wohl gar nicht, oder?

Pieplow stimmte zu und wusste selbst nicht, warum ihn diese Erklärung nicht wirklich zufriedenstellte.

Er beschloss, nicht weiter darüber nachzudenken. Es gab Naheliegenderes. Zum Beispiel, dass er Mettwurst, Eier und Gurken brauchte, wenn es heute Abend noch Strammen Max geben sollte. Und, ganz wichtig, sein Feierabendbier. Es wurde zusammen mit allem anderen in einer großen Plastiktüte verstaut, die zwar ihren Inhalt verbarg, dafür aber so schwer war, dass er sie mit größter Sorgfalt nach Hause tragen musste.

Aber als er dort ankam, war ihm die Lust auf Schlackwurst und Spiegelei vergangen. Auf das Hantieren am Herd und den Abwasch von zwei Tagen, der sich im Spülbecken stapelte.

Hochmut kommt vor dem Fall, dachte er reumütig, weil ihm sein Spott über Kästner und seine pünktlichen Mahlzeiten einfiel. Und zu allem Überfluss auch Marie, die mindestens so gut kochte wie Kästners Frau.

Zu spät. Vielleicht nicht für immer und ewig, aber für heute. Also blieb ihm nichts anderes übrig, als sich anderswo ein Essen vorsetzen zu lassen.

Erst als er auf der Holzbank von *Willis Fischbarkasse* saß und bedächtig Senf auf dem Kartoffelsalat neben der Scholle verteilte, wurde ihm bewusst, was ihn hierhergezogen hatte.

Die abendliche Ruhe im Hafen, in der das Treiben des Tages noch nachzuhallen schien. Das schräg einfallende Licht der tiefstehenden Sonne auf Bodden und Deich. Vor allem aber der Blick zu Niemanns Bank und das Gefühl, ein letztes stummes Zwiegespräch mit dem Alten zu führen, der gestern dort noch gesessen hatte. Knorrig und wortkarg wie eh und je, die Pfeife mit dem grau gekauten Mundstück zwischen den Zähnen, den Blick lieber hinaus aufs Wasser gerichtet als sonst irgendwohin. Keiner, dem die Leidenschaft anzumerken war, mit der er sich in Abenteuer gestürzt hatte. Auf See und in der Liebe.

Und während Pieplow dort saß, mit dem Bild des Alten vor Augen und den Kopf voller Gedanken an das Verborgene im Allgemeinen und Besonderen, beschlichen ihn die Ahnungen wieder, die sich in den Turbulenzen der letzten Stunde verzogen hatten.

Dass er etwas nicht sah. Oder nicht ernst genug nahm. Und dass ihm nichts einfiel, als sich und seine Gedanken treiben zu lassen, um herauszufinden, was es war.

13

Drei Stunden später sollten ihn diese Ahnungen wieder beschäftigen, obwohl er ein leichtes Summen im Kopf und aufkommende Bettschwere spürte. Die verdankte er drei sauber gezapften Bieren im *Wieseneck*, wo er auf dem Rückweg eingekehrt war. Um die Scholle schwimmen zu lassen, wie es der Volksmund empfahl, der heute jedoch noch ganz andere Vorschläge als zur Verdauung von Fischgerichten gehabt hatte.

Den, zum Beispiel, die Ermittlungen zu beschleunigen. Sonst kam Wandas Mörder noch ungeschoren davon. Wusste man doch, dass die ersten achtundvierzig Stunden die entscheidenden waren. Danach wurden die Spuren kalt und kälter und nix war mehr mit Aufklärung.

Sagte Sigi, der Installateur, und erhielt kopfnickend gemurmelte Zustimmung.

So wie die Runde Hein B, der zur Unterscheidung vom leider abwesenden Hein A so genannt wurde, mit sehr sorgenvollen Gesichtern belohnte, weil er auf die Folgen eines ungesühnten Mordes hinwies. Sturmfluten, Unfälle, jede Menge rätselhafter Tode. Das mit dem ollen Niemann sei nur der Anfang gewesen.

Als Speedy, sonst immer hektisch und im Laufschritt unterwegs, mit Grabesruhe von den beiden schwarzen Schwänen berichtete, die am Bodden gesichtet worden waren und sicher von kommendem Unheil kündeten, reichte es Pieplow.

»Ihr habt sie doch nicht mehr alle! Ausgewachsene Männer, die solchen Humbug verzapfen – nicht zu fassen!« Er schüttelte ärgerlich den Kopf und leerte sein drittes Glas Bier mit einem Zug.

»Wenn ihr das für Humbug haltet, ist das eure Sache. Wir nehmen solche Zeichen auf jeden Fall ernst. Vielleicht wär's besser, wenn du das auch tätest.« Hein B guckte schon ziemlich glasig, hatte eine feuchte Aussprache, aber klare Vorstellungen von gegnerischen Lagern. Hier die ahnungsvollen Hiddenseer, dort die blinde Polizei. Oder die doofen Darßer. Beziehungsweise beides in Personalunion, wie es bei Pieplow der Fall war.

Es hätte komisch sein können. War es aber nicht.

Weil niemand sich für das interessierte, was Pieplow zur Versachlichung beitragen wollte, und weil der Verdächtige für die meisten schon feststand.

Manfred Graber.

Nach der Sache mit Zorro trauten sie ihm alles zu. Auch einen Mord, um seine marode Hütte zu retten.

»Jetzt macht aber mal 'n Punkt«, forderte Pieplow. »Das war eine Kneipenschlägerei und überhaupt kein Grund, ihm einen Mord anzuhängen.«

»Tja«, meinte Sigi. »Scheint, als wenn das mancher hier anders sieht.«

Am liebsten hätte Pieplow ihnen den Kopf gewaschen, gewissermaßen auf Hiddenseer Art. Bis die Seelen rein und einsichtsfähig waren. Aber er hielt sich zurück. Erkannte, dass er hier und jetzt nur dunes Krakeelen bewirken würde, und beschloss, den Abend allein zu verbringen.

Wie allein, wurde ihm klar, als auf dem Heimweg sein Telefon klingelte. Marie.

»Wir haben auf dich gewartet.« Sie klang trotzdem keineswegs enttäuscht. Auch nicht vorwurfsvoll.

»Waren wir denn verabredet?«

»Soweit ich weiß, nicht. Aber es gab Königsberger Klopse und irgendwie dachten wir wohl, du ahnst das und lässt dafür alles andere stehen und liegen.«

»Wie sollte ich denn …« Frauen konnten ihn sprachlos machen. Besonders wenn sie Einladungen zu Lieblingsessen telepathisch übermittelten.

Marie lachte.

Sie nimmt mich auf die Schippe, dachte er. Von wegen sehnsuchtsvolles Warten von Frau und Kind.

»Trotzdem wär's schön gewesen, dich hierzuhaben.« Das hörte sich ernst an. Ernst und weich und ein wenig traurig. »Nur auf ein Bier und ein bisschen weniger allein sein. Das mit Wanda macht mir ziemlich zu schaffen. Ein bisschen Trost wäre nicht schlecht.«

»Aber es ist gleich zehn«, sagte er und schalt sich im selben Moment einen Idioten. Frauen trösten ging ja wohl spätabends genauso gut wie zu jeder anderen Tageszeit. Womöglich sogar besser.

»Ja, jetzt ist es zu spät«, stimmte Marie zu. »Aber wie wäre es morgen? Oder hast du … Ich weiß ja nicht … vielleicht hast du auch zu viel um die Ohren?«

»Nein, nein, das passt«, versicherte er schnell. Am Vormittag stand das Vorknöpfen von Flitzpiepen auf dem Dienstplan, am Nachmittag nichts. Und das würde hoffentlich auch so bleiben.

»Leonie möchte Fine besuchen. Sie würde sich freuen, wenn du mitkommst. Und ich auch.«

Fine besuchen hieß Friedhof und war nicht das, wonach Pieplow der Sinn stand. Aber was wollte man machen? Friedhof war besser als nichts.

»Klar komme ich mit. Gerne. Du brauchst nur zu sagen, wann.«

»Gegen drei vor der Kirche? Und hinterher vielleicht Eis und Kaffee am Hafen?«

»Das ist gut. Also morgen um drei vor der Kirche.«

»Bis dann. Schlaf gut, Daniel.«

»Du auch. Gute Nacht.«

Und zunächst deutete vieles darauf hin, dass es eine gute Nacht werden würde. Eine ohne Aufregung, fast langweilig. Mit reichlich gesundem Schlaf.

Als er sich in seinen Sessel an der Terrassentür setzte, war es noch nicht dunkel, obwohl die Sonne schon vor knapp einer Stunde untergegangen war. Genau um 20. 39 Uhr, wenn die SA- (6. 13) und SU-Angaben in Pieplows Kalender zutrafen, die er gern las, obwohl ihm bewusst war, wie gleichgültig sie ihm sein konnten. Es änderte schließlich nicht das Geringste an Tages- oder

Nachtlänge, wenn er die Minute kannte, in der Sonne respektive Mond auf- oder untergingen. Trotzdem stellte er jedes Jahr wieder Berechnungen an, die Anlass zu tiefschürfenden Fragen waren.

Zum Beispiel: Wie lange würde es im Dezember um diese Zeit schon stockfinster sein? Fünf Stunden mindestens. Vielleicht sogar sechs.

Bei dieser Aussicht seufzte er melancholisch, griff nach der Bierflasche neben sich auf dem Boden und stellte sie gleich wieder ab. Das Summen in seinem Kopf signalisierte ihm, dass er genug intus hatte. Ein nächtlicher Einsatz, bei dem sicherer Gang und klare Artikulation ihre Vorteile hatten, war zwar unwahrscheinlich, aber auch nie ganz auszuschließen.

Pieplow legte seinen Notizkalender beiseite, den Kopf nach hinten an die Sessellehne und lauschte den Nachtgeräuschen in den Gärten ringsum.

Igel, die prusteten und schmatzten wie naschende Kinder.

Weiter entfernt ein Kauz.

Was raschelte und fauchte wie eine wütende Katze, musste ein Marder sein.

Hinter allem das gleichmäßige Rollen der Brandung.

Als Fledermäuse lautlos vorübersegelten, fielen Pieplow die schwarzen Schwäne ein, von denen vorhin die Rede gewesen war.

Vor seinem inneren Auge schwebten sie mit langsamem Schwingenschlag über Wasser und Schilfinseln.

Über Fritz Niemann, dessen starrer Blick ihnen nicht mehr folgen konnte.

Trauerschwäne.

Weil Wanda ihn geholt hatte, erzählten sich die Leute.

Dann hatte sie wohl auch just zur selben Stunde das Neuendorfer Kind auf die Welt geschubst? Eine Seele für die andere?

Und was hatte es mit seinem Traum auf sich?

Wenn er schon Spökenkiekerei betrieb, konnte er sich auch damit befassen.

»Es wird Zeit, dass du kommst«, hatte Wanda gesagt. Und auch, dass niemand sonst die mysteriöse Aufgabe erfüllen konnte, die sie ihm zugedacht hatte.

Wenn man es genau betrachtete, nicht nur sie.

»Jemand muss sich um sie kümmern, verstehen Sie?« Er hörte das Flehen in Anita Burgwalds spröder, erschöpfter Stimme wieder, die auch nicht verstummte, als in Pieplows Kopf sich ausgerechnet Kästner einmischte: »Du sollst um Mitternacht am Swanti sein ... Weil Wanda dorthin kommt und dich zu ihrem Mörder führt.«

So ungefähr musste sich Schizophrenie anfühlen. Ein Chor von Stimmen im Kopf, die einem wer weiß was einreden wollten.

Pieplow griff nun doch nach seinem Bier, auch wenn Alkohol in diesem Zustand vielleicht nicht das Richtige war.

»Lange mache ich das nicht mehr mit«, verkündete er sich und seinen Stimmen. »Noch eine Flasche Bier und dann ist Ruhe im Karton. Ich bin müde, ich muss ausschlafen und gebe mich von Berufs wegen nicht mit Stimmen von Leuten ab, die nicht mal da oder sogar tot sind. Kein Polizist macht das. Schon deswegen nicht, weil er womöglich Berichte schreiben oder sonst wie Rede und Antwort stehen muss: ›Was hat Sie zu dieser Auffassung veranlasst, Obermeister Pieplow? Gab es Hinweise? Zeugen?‹«

Man stelle sich vor: Morgenlage im Bergener Kommissariat. Die ganze Mannschaft um den Tisch versammelt. Ausnahmsweise Inselkollege Pieplow mit von der Partie. Mit einem ausführlichen Bericht seiner Besprechungen mit diversen inneren Stimmen. Lebendigen und toten.

Allein der Gedanke daran erzeugte das Gefühl von Verlegenheitsröte auf Hals und Gesicht.

Zugeben zu müssen, er habe doch nicht schlafen können und sei deswegen »nur so« um Mitternacht auf dem Swanti gewesen, wäre ihm schon unangenehm genug. Was allerdings voraussetzte, irgendwas – oder irgendwer? – könnte ihn veranlassen, darüber zu berichten.

Davon war nun wirklich nicht auszugehen, beschwichtigte Pieplow sich, während er die Senkel seiner Schuhe fest und mit einem Doppelknoten zum Abschluss schnürte.

So weit kommt's noch, Rechenschaft ablegen, warum man eine Nachtwanderung macht. Ich folge schließlich keinem Hinweis. Ich lasse mich treiben. Was ja wohl nicht als Polizeimaßnahme begründet werden muss.

Weshalb es ihn ausgerechnet heute und ausgerechnet zum Swanti trieb, erforschte er nicht eingehender. Oder tat wenigstens so, als interessiere ihn nicht, wer oder was ihn in die Nacht hinauslockte.

Obwohl er eigentlich nicht wusste, wozu, verstaute er die Taschenlampe in seiner Jacke. Im Dorf würde er sie nicht brauchen, wo genug Licht wie in milchigen Pfützen rund um die Laternenpfähle zwischen den Häusern lag. Und im Wald sickerte so viel Mondlicht durch die Baumkronen, dass Pieplow mühelos den Pfaden folgen konnte, die Wanda zwei Nächte zuvor gegangen sein musste.

Über den Hexenberg an borkigen Kiefern vorbei, die stramm und pfeilgerade dem Himmel zustrebten, anstatt sich knorrig und krumm dem ewigen Wind zu beugen wie die armen Verwandten am Rand des Hochufers. Zwischen den glatten Säulen gigantischer Buchen und den Wracks ihrer entwurzelten Brüder hindurch, die wie sterbende Riesen ihre zersplitterten Arme schwarz und steif ins Mondlicht reckten. Am Windbruch entlang, wo Flechten wie dürres Altfrauenhaar über tote Zweige herabhingen.

Über allem wie modrig warmer Atem die sanft bewegte Luft des Nachtwalds.

Pieplow atmete tief. Um den Schauer zu vertreiben, den der dunkle Zauber ihm über den Rücken laufen ließ. Um die Stille in sich hineinzusaugen. Und wohl auch, um sich von einer Beklemmung zu befreien, gegen die er sich wehrlos fühlte.

Sie verflog, als er hinter dem *Klausner* in die offene Landschaft trat.

Keine Häuser, kein Wald. Nur fahles Licht, in dem die Hügel des Hochlands schwammen, und die gleichmäßige Kennung des Leuchtturms kilometerweit über Land und Meer.

Hier kam Pieplow schneller voran. Er schritt zügig aus, und als er den steilen Aufstieg zum Swanti erreichte, war ihm so warm, dass er die Jacke auszog und sie mit den Ärmeln um seinen Bauch knotete.

Im Sanddorngestrüpp hingen Reste von Flatterband. Sonst deutete nichts darauf hin, dass er sich einem Tatort näherte. Und doch zuckte er zusammen, als über ihm, irgendwo im Buschpelz des Swantirückens, plötzlich ein Vogel schrie.

Auf einem kleinen Plateau hielt er inne. Lauschte und hörte nichts als das Fauchen eines nächtlichen Jägers, dessen Beute noch andere Opfer gewarnt hatte, bevor sie ihm durch die Lappen geflattert war.

Unwillkürlich musste Pieplow lächeln. Über den cleveren Beutevogel und über seinen eigenen Kinderschrecken.

Er wandte sich nach links, dem Pfad zu, der sich zwischen verfilztes Buschwerk senkte, bevor er aufstieg und den Blick freigab auf den Platz, an dem Wanda gestorben war.

Oder, genauer gesagt, an dem ein Unglück begonnen hatte, dessen Hergang niemand kannte.

Außer dem Täter. Vorausgesetzt, es gab ihn.

Pieplow machte einen Schritt auf die Kliffkante zu.

Dort musste Wanda gestanden haben. Er sah sie vor sich in ihrer hellen Hose und der talarweiten Bluse. Die Arme ausgebreitet, als wolle sie ihn segnen. Oder warnen.

Wovor?

Ihr näher zu kommen? Sie vor sich herzutreiben? Auf die Kliffkante zu und in die Tiefe.

Pieplow wich zurück. Kniff die Augen zu und schüttelte den Kopf, um das Trugbild zu vertreiben. Sein Herz trommelte und in seinen Ohren rauschte die Ahnung von Gefahr.

Das Knacken trockener Zweige kam von der Seite. Sehr laut in der Stille und sehr massiv. Als bräche ein Bär durch das dürre Strauchwerk links von ihm. Groß und schwarz. Mit einem kehligen Laut, den Pieplow noch hörte, bevor er zu Boden ging und den Knall noch spürte, mit dem sein Hinterkopf aufschlug.

Ein rhythmisches Klatschen holte ihn aus der Dunkelheit zurück. Schnell und fest traf es sein Gesicht. Rechts. Links. Rechts. Links.

Pieplow stöhnte.

»Scheiße, Mann, Scheiße! Wach auf, Alter! Na, los, mach schon. Oh, Scheiße, verdammt!«

Als Pieplow die Augen öffnete, hörte das Klatschen auf. Das Fluchen nicht.

»Zur Hölle, Mann, Scheiße. Tut mir echt leid. Aber ich dachte …«

»Halt doch bloß mal die Klappe!« Pieplow wollte nicht wissen, was Dennis Zorowski dachte. Jedenfalls nicht sofort. Erst wollte er zu sich kommen und abklären, ob sein Kopf so weit in Ordnung war, dass er ein Gespräch mit Zorro aushielt. Dennis Zorowski, polizeibekannt seit seiner Schulzeit. Die lag, Pi mal Daumen, gut zwanzig Jahre zurück und hatte bereits damals erste Verwilderungstendenzen erkennen lassen. Pausenhofschlägereien, Sachbeschädigung, Trunkenheitsdelikte schon vor der Jugendweihe. Was man so machte außer nichts.

Lieblingsfarbe Schwarz, und, nomen est omen, immer bereit, sich für den Rächer aller Enterbten zu halten. Zorro. Nicht nur die Eltern waren erleichtert, als er seine erste Heuer bekam und es in den Jahren danach immerhin bis zum Bootsmann brachte.

Warum und wieso er abgemustert hatte, wusste niemand genau. Zwei oder drei Jahre musste das her sein. Seitdem lungerte er auf der Insel herum, war immer auf Krawall gebürstet und für jeden Raufhandel zu haben.

Pieplow kramte die Taschenlampe hervor und beleuchtete seine Fingerspitzen. Kein Blut. Immerhin. Er legte Zeige- und Mittelfinger wieder auf die Stelle seines Hinterkopfs, die zu einer eiförmigen Wölbung schwoll, und musterte Zorro, wie er neben ihm hockte. Die muskulösen Arme mit den Ellenbogen auf die Knie gestützt, der bullige Oberkörper schuldbewusst vornübergebeugt.

»Tut mir echt leid, Sheriff!«

Wer das R in ›Sheriff‹ so rollen ließ wie Zorro, sollte sich tatsächlich nicht als anonymer Tippgeber betätigen.

»Hör auf mit diesem dämlichen ›Sheriff‹!«

»Alles klar, She ... Chef.« Zorro bekam gerade noch die Anredekurve und klang zerknirscht.

»Jetzt sag schon, was du dir bei dieser Aktion gedacht hast. Wir hätten beide über den Jordan gehen können. Ist dir das eigentlich klar?«

»Klar ist mir das klar. Aber woher sollte ich denn wissen, dass du dich hier mitten in der Nacht herumtreibst?«

»Ich treibe mich nicht herum. Ich überprüfe etwas.«

»Ach, und was, wenn ich fragen darf?«

»Es geht dich zwar überhaupt nichts an, aber gut – die Lichtverhältnisse zur Zeit des Unfalls.« Pieplow hatte schon lange nicht mehr mit so viel Vergnügen gelogen.

»Du meinst Wanda, oder?«, vergewisserte sich Zorro.

»Natürlich. Wen denn sonst?«

»Das war kein Unfall. Das war Mord.«

Gewiss doch, dachte Pieplow. Warum sollte ausgerechnet Zorro etwas anderes behaupten als seine Zechkumpane. Andererseits ... fragen kostete nichts: »Wie kommst du darauf?«

»Ich weiß es eben.«

»Verrätst du vielleicht auch, woher?«

»Na ja … also«, druckste Zorro. Er sah sich um, als könne es ungebetene Zuhörer geben. »Sie hat's mir gesagt.«

»Wanda?«, fragte Pieplow erstaunt. Mit wem, zum Kuckuck, hatte die tote Wanda noch gesprochen?

»Du brauchst gar nicht so blöd zu fragen«, beschwerte sich Zorro. Seine zigarettenraue Stimme nahm hörbar übel. »Steh du mal mitten in der Nacht einer Toten gegenüber und die erzählt dir was von Sühne und so'n Zeug. Das kann dich kirre machen, auch wenn du schläfst.«

Allerdings, dachte Pieplow und wunderte sich kaum noch, dass sie beide hier saßen. Der Dorfrüpel und sein Polizist. Was noch lange nicht hieß, dass der Rüpel rauchen durfte.

»Steck das sofort wieder weg! Oder willst du uns jetzt abfackeln, wo du uns schon nicht über die Klippe schmeißen konntest?«

Wortlos versenkte Zorro Tabak und Blättchen wieder im schwarzen Sweatshirt.

»Es gehört schon einiges dazu, mich mit Manfred zu verwechseln.« Mit den Händen deutete Pieplow schrankbreite Schultern an.

Es war nichts als eine Vermutung, dass Zorros Aktion etwas mit Manfred Graber zu tun hatte. Aber so, wie Zorro herumfuhr und ihn anstaunte, hatte Pieplow damit voll ins Schwarze getroffen.

»Wie kommst du denn da drauf?«

»Du machst aus deinem Herzen nicht grade eine Mördergrube. Und Manfred hast du eiskalt hingehängt.

Erst im *Wieseneck* und dann bei der Kripo. Ohne den kleinsten Beweis, nur weil du ihn nicht ausstehen kannst.« Pieplow schüttelte missbilligend den Kopf. Sehr missbilligend.

»Das kannst du gar nicht wissen. Das war anonym«, gab Zorro sein Denunziantenwissen preis.

»Im *Wieseneck* schon mal sowieso nicht. Und bei der Kripo nützt es nur bedingt etwas, seinen Namen nicht zu nennen. Die haben da so ihre Methoden. Wir übrigens auch. Einmal hingehört und schon hatten wir dich erkannt.« Mit flatternder Zungenspitze demonstrierte Pieplow den entscheidenden Hinweis. Zorrrro.

»Scheiße.«

»Könnte man sagen. Sei froh, wenn das kein Nachspiel hat.«

»Aber er war's«, beharrte Zorro. »Und wenn du er gewesen wärst, hätte ich dich frikassiert.«

Pieplow brauchte eine Sekunde, bis er der Aussagelogik folgen konnte.

»Wusste ich's doch. Du hast hier auf der Lauer gelegen und auf Manfred Graber gewartet.«

Nachdrückliches Nicken. Genau.

»Aber warum sollte er hierherkommen?«

»Weil sie ihn schickt, natürlich.«

Logisch. Im Inneren des mystischen Gebäudes, durch das sie gerade streiften, war das logisch. Aber draußen blies der raue Wind des Faktischen, in dem Traumbotschaften nichts nutzten. Gar nichts. Da zählten ausschließlich Beweise. Handfest und überprüfbar.

Etwas mühsam kam Pieplow auf die Beine. Unter der Anstrengung schmerzte die Beule an seinem Kopf heftiger und brachte ihn auf eine Idee.

»Zorro, ich schlage dir einen Deal vor. Über unseren Zusammenstoß heute Nacht hältst du dicht. Und zwar absolut. Und du hörst auf, Manfred Graber nachzustellen. Genauso absolut. Klappt das, sage ich auch nichts. Klappt das nicht, sorge ich dafür, dass du vor den Kadi kommst. Wegen Körperverletzung«, Pieplow deutete auf seinen Hinterkopf, »wegen Widerstandes gegen einen Vollstreckungsbeamten und wegen übler Nachrede zum Nachteil von Manfred Graber. Hast du mich verstanden?«

»Muss ich ja wohl.«

»Ich will ein klares Ja!«

»Ja, doch: Ja!« Zorro machte sich nicht die Mühe, die Reste des Grases, in dem er sich mit dem Vollstreckungsbeamten gewälzt hatte, von Sweatshirt und Hose zu zupfen. Wortlos stapfte er hinter Pieplow her den Pfad vom Swanti hinunter in den Honiggrund.

»Kann ich jetzt rauchen?«

»Nein. Ist genauso verboten wie da oben, das weißt du doch. Aber du kannst mir erklären, warum du dich so für Wanda ins Zeug legst. Das habe ich nämlich bis jetzt nicht verstanden.«

Zorro zierte sich. Da gäb's nicht zu verstehen, behauptete er. Auch für jeden anderen würde er sich so reinhängen, wenn's um die Gerechtigkeit ginge. Und

Wanda sei nun mal eine ganz besondere Frau gewesen. Eine, die tief drinnen in den Menschen die Wahrheit sah. Eine Wahrseherin sozusagen und ...

»Hör auf mit dem Geschwurbel, Zorro. Komm zur Sache. Was hast du mit Wanda zu tun gehabt?« Pieplow blieb stehen und senkte einen forschenden Blick in Zorros Augen unter der schwarzen Kapuze. »Ich warte.«

»Aber nur, wenn du dichthältst. Kein Sterbenswort zu niemand«, forderte Zorro. Als könnte es auch dort unliebsame Zuhörer geben, wanderte sein Blick zu den Fensterreihen des alten Leuchtturmwärterhauses, vor dessen Zaun sie standen. Alles dunkel.

»Ich kann nichts verschweigen, was für die Ermittlungen wichtig ist«, stellte Pieplow klar.

»Ist es nicht. Versprochen.«

»Dann leg los.«

Zorro holte tief Luft und legte los. Erst stockend, dann flüssiger und ausführlicher, als es Pieplow gefiel, dessen Miene sich dann und wann mit deutlichen Zeichen von Ekel verzog.

Würmer. Solche, die in Lunge und Leber sitzen, in Milz, Magen und Herz wandern. Deren Eier über das Blut durch den Körper geschwemmt werden und Geschwüre bilden, wo sie sich einkapseln. Die eine höckrige, schrundige Leber, blutarm und impotent machen. Impotent! Das setzte Zorro noch heute mehr zu als die Angst, es könnten sich in den Höhlen und Schluchten seines Körpers noch Schistosomen finden.

Mit diesem Namen, fand Zorro, ging's doch schon los. Selbst die erbsengroße Phantasie seiner Kumpel reichte aus, um sich darunter das Abartigste vorzustellen.

Nein, die durften nichts davon wissen. Nie im Leben. Die würden, blöd wie sie waren, ihm doch nicht mal mehr die Hand geben. Obwohl da wirklich nichts mehr war. Keine Eier, keine Würmer. Nichts.

Das hatte er Wanda zu verdanken.

Zu ihr war er gegangen, als nichts mehr half. All die Pillen und Tropfen nicht, die ihm die Quacksalber verordnet hatten, bei denen er gewesen war. Gegen Fieber und Durchfall, gegen Kopfschmerzen, Husten, Übelkeit. Mal dies, mal das. Mal mehr, mal weniger. Wochenlang.

Und Wanda?

Sie hatte ihn nicht mal berührt. War nur mit den Händen in der Luft die Konturen seines Körpers nachgefahren und hatte ihm in die Augen gesehen. Dann wusste sie, wo er gewesen war und was er von dort mitgebracht hatte.

Manila.

Seine letzte Heuer. Container von Hamburg nach Manila und zurück. Viermal war er die Route schon gefahren, die ein paar Hunderter mehr brachte als andere. So lange, bis irgendwas mit dem Zoll war, über das der Käpt'n sich ausschwieg. Statt Ladung löschen gab's fünf Tage Landgang. Über die Märkte, auf denen er aß, was ihm schmeckte. In die Bars und Bordelle der Burgos Street, in denen Zorro die Sau rausließ. Rauchen, Saufen und dann in jedem Arm ein Mädchen, für die seine letzten Penunsen draufgingen, bis er nicht mehr wusste, wo überall in dieser heißen, nassen Stadt er gewesen war.

Wer kümmert sich in solchen Nächten um so was Albernes wie winzige Schnecken und Hautausschlag am Bein, der nach ein paar Tagen von ganz allein verschwindet, und ahnt, dass ihm dort diese winzigen, glitschigen Dinger ihre ekelhafte Fracht aufgeladen haben.

Wanda hatte ihn nur angesehen und alles gewusst.

Na, gut, das mit dem Zoll und den Mädchen nicht. Aber sonst ...

Eine Woche später war er wieder gesund.

Für ihn ein Wunder, das er Wanda verdankte. Hätte sie ihn nicht ins Tropenkrankenhaus geschickt – sofort! – hätte er heute wohl eine Schrumpfleber und einen schlaffen Schwanz. Oder Würmer in den Augenhöhlen.

Als Pieplow um Viertel vor zwei seine Haustür hinter sich schloss, hatte er das dringende Bedürfnis zu duschen. Dabei spielten Sand und Gras vom Swanti eine deutlich geringere Rolle als der Gedanke an philippinische Schnecken und Würmer, denen die Pharmazie hoffentlich tatsächlich den Garaus gemacht hatte.

Er blieb so lange unter dem warmen, sauberen Strahl garantiert wurmfreien Wassers, dass es auf halb drei zuging, bis er endlich ins Bett kam. Die Hände so hinter dem Kopf verschränkt, dass sie nicht auf die mittlerweile fast hühnereigroße Beule drückten, starrte er in die Dunkelheit und fasste zusammen, was ihm die letzten Stunden gebracht hatten.

Reichlich wenig, wenn er Schlafmangel, einen dicken Bruusch am Kopf und Kenntnis von Zorros Abenteuern nicht rechnete. Darum war es ihm schließlich nicht gegangen, als er sich zum Swanti aufgemacht hatte.

Das kommt davon, wenn man auf innere Stimmen hört, warf er sich vor. Wer so verrückt ist, dem geschieht es nur recht, wenn nicht mehr dabei herauskommt, als eine überflüssige Begegnung mit Dennis Zorowski.

Irgendetwas stimmte in dieser Bilanz nicht. Das war zwar wieder mehr Gefühl als Erkenntnis, ließ sich aber nicht abschütteln. Eine Weile grübelte Pieplow noch ergebnislos darauf herum, dann fielen ihm die Augen zu. Bevor er endgültig schlief, kam ihm doch noch in den Sinn, worüber er nachdenken wollte.

Darüber, was es bedeutete, dass Wanda eine Wahrseherin gewesen sein sollte. Eine, die tief drinnen im Menschen die Wahrheit sah. Der vielleicht zum Verhängnis geworden war, was sie gesehen hatte.

Fragte sich nur, bei wem.

14

Weil vier Stunden Schlaf wohl doch etwas wenig waren, konnte Pieplow sich dieser Frage am nächsten Morgen nicht widmen.

Er überhörte den Wecker, verschlief und hatte nicht mal eine halbe Stunde Zeit, vom Bett aufs Revier zu kommen.

Kästner wartete schon mit dem fertigen Schlachtplan.

Zuerst ans Süderende. Zu Quidde, Enno, der Oberflitzpiepe. Streifenwagen direkt vor die Tür. Keine Samthandschuhe. Nicht lange fackeln. Eben das, was zum Standard in Kästners Repertoire gehörte.

Es dauerte ein paar Minuten, bis ihnen geöffnet wurde und Kästner loslegen konnte.

»Ihr habt wohl gedacht, ihr kommt ungeschoren davon?« Er legte eine Mischung aus Hohn, Drohung und Feldwebeljovialität in die Frage. »Falsch gedacht, Bürschchen! Und diesmal gibt's richtig Ärger, das lass dir gesagt sein!«

Vor Ennos verschlafenem Mondgesicht pendelte in Kästners erhobener Hand der Plastikbeutel, in den er das entscheidende Beweisstück verpackt hatte. Die rot verschmierte Spraydose mit Fingerspuren, die sich verräterisch gut auf dem Dosenmantel abzeichneten.

»Das ist nicht meine.« Ennos Augenlider flatterten nur kurz. Seine Stimme kratzte und klang pelzig, aber fest.

Er hält sich wacker, wenn man bedenkt, dass wir ihn aus dem Bett geholt haben, dachte Pieplow, der eine Stufe unter Kästner auf der Haustreppe stand.

»Aber du weißt, wem sie gehört und wer sie wozu benutzt hat. Also raus mit der Sprache oder das Ding hier wandert in die Kriminaltechnik und dann seid ihr fällig!« Kästner machte einen einschüchternden Schritt auf den Jungen zu und wäre beinahe mit Vera Quidde zusammengeprallt. Sie war barfuß und ebenso verschlafen wie ihr Sohn, aber entschieden weniger kleinlaut.

»Moment!« Die rechte Hand streckte sie abwehrend Kästner entgegen, mit der linken hielt sie ihren Bademantel zusammen. »Ich glaube nicht, dass du hier so einfach reinspazieren kannst, ohne dass ich es erlaube. Und bevor ich das tu', wüsste ich gern, worum's geht.«

Kästner ließ Plastikbeutel und Spraydose sinken. »Morgen, Vera. Gut, dass du da bist.« Es war ihm nicht anzumerken, dass ihre Anwesenheit ihm einen Strich durch die Rechnung machte. Er hätte sich ihren Sohn, diesen verzogenen Lümmel, gern allein vorgeknöpft. »Wir ermitteln in der Sache am *Klausner* vorgestern Nacht.«

»Was für eine Sache?«

Sie schien tatsächlich nichts von dem zu wissen, was Kästner ihr beschrieb. »Das ist kein Pappenstiel, Vera, das hat Konsequenzen«, mahnte er. »Da geht's nicht mehr um Laternenkuppeln oder Fassadenfarbe. So was ist nicht nur strafbar, sondern auch teuer, ziemlich teuer.«

Es waren wohl weniger die Kosten, die Vera Quidde ärgerlich werden ließen, als der Umstand, dass es diesmal einen Geschädigten gab, mit dem weniger gut Kirschen essen war als mit der Gemeindeverwaltung. Oder der Feuerwehr. Mit dem Klausner-Wirt überwarf man sich besser nicht. Entsprechend streng musterte sie ihren Sohn. »Bist du dabei gewesen?«

»Nein! Ehrlich nicht.« Mit Unschuldsmiene erwiderte Enno ihren Blick. »Und wer's war, weiß ich auch nicht.«

»Lüg mich nicht an!«

»Tu ich nicht. Echt nicht.«

»Das werden wir ja sehen, wenn wir mit euch fertig sind.« Kästner ließ nicht locker und Pieplow befürchtete, dass ihm heute noch ein paar ähnliche Szenen bevorstanden. Schließlich mussten mindestens noch Harri und Wiesel die Leviten gelesen und Konsequenzen angedroht werden.

Pieplows Gedanken schweiften ab. Zu ungleichen Freunden, die sich ein paar Sommer lang unbesiegbar fühlten. Zu Matze, der ohne Schuhe Fußball spielte und auf einem viel zu großen Damenrad schneller als andere zwischen Weststrand und Bodden herumkarjolte. Zu Siggi, der seinen abgewetzten Lederball immer und überall mit sich herumschleppte und sogar in den Ferien mit dem Lehrer auf Kriegsfuß stand. Die Sache mit dem Fisch war seine Idee gewesen. Sechs Zanderköpfe, nicht mehr ganz frisch, mit gezielten Würfen durch die Gaube ins Arbeitszimmer direkt auf die Pläne fürs neue Schuljahr. Nie zuvor war Pieplow schneller gelaufen als in dieser Nacht. Nie wieder hatte er so hartnäckig und erfolgreich gelogen wie in den Wochen danach. Allen Leviten und Konsequenzen zum Trotz.

Als seine Aufmerksamkeit auf die Haustreppe der Familie Quidde zurückkehrte, wies Kästner gerade auf die Notwendigkeit einer festen, durchgreifenden Hand und die Gefahren hin, die es barg, wenn Eltern ihren Kindern alles durchgehen lassen.

Vorm Zaun auf der Straße blieben die ersten Leute stehen.

Es war an der Zeit, der Angelegenheit eine andere Richtung zu geben, fand Pieplow. Eine, die Enno aus dem bockigen Schweigen herausholte, mit dem er neben seiner Mutter stand, und eine Lösung ohne das amtliche Gedöns möglich machte, das Kästner hier veranstaltete. Eine Hiddenseeische Lösung sozusagen. In Eigenregie, ohne Anzeige, ohne Beweisaufnahme und ohne die Sache vor den Kadi zu ziehen.

»Kanntest du Wanda Sieveking?« Pieplows Frage kam überraschend und hatte sehr unterschiedliche Wirkung.

Kästner sah sich ärgerlich nach seinem Vize um, der ihn aus dem Konzept brachte.

Enno guckte stumm und ziemlich erschrocken und Vera Quiddes Blick hetzte zwischen Pieplow und ihrem Sohn hin und her, bevor sie sich empörte: »Jetzt reicht's aber! Ich sage dir, was der Junge damit zu tun hat: Nichts! Überhaupt nichts! Ihr tickt doch nicht richtig!« Sie machte Anstalten, die Tür zuzuschlagen.

»So meine ich das nicht«, sagte Pieplow schnell und die Tür schwang erneut auf. »Aber wenn, nur mal angenommen, Enno und die anderen in der Nacht am *Klausner* waren, dann haben sie sich genau in der Zeit auf dem Hochland herumgetrieben, in der Wanda auch dort gewesen ist. Vielleicht haben sie also etwas gesehen oder gehört, was uns bei der Rekonstruktion der Nacht weiterhelfen könnte.« Pieplow sah in irritierte Gesichter.

»Was sollte das denn sein?«, wollte Vera Quidde wissen und klang sehr skeptisch.

Ennos Blick stellte dieselbe Frage.

»Das können wir erst sagen, wenn wir mit den Kindern gesprochen haben. Gut möglich, dass sie wirklich nichts gesehen haben. Genauso gut kann es aber sein, dass sie mehr bemerkt haben, als ihnen bewusst ist. So was lässt sich nur in der Zeugenbefragung klären.«

»Verstehe.« Vera Quidde nickte. »Das Problem ist nur, dass Enno gar nicht dort war. Ihr habt's doch gehört.« So schnell gab sie nicht klein bei.

Kästner brummte und verdrehte entnervt die Augen. Das Gespräch nahm einen Verlauf, der ihm nicht passte. Aber er sagte nichts.

»Kann ja sein, dass du diesmal nicht mit von der Partie warst«, sprach Pieplow den Jungen direkt an. »Aber du kennst die, die dabei waren, oder?«

»Weiß nicht. Kann sein. Aber verpfeifen tu' ich keinen.« Enno war jetzt hellwach und sehr auf der Hut. Mit Freundlichkeit einseifen ließ er sich nicht.

»Das sollst du auch gar nicht. Aber ich schlage dir ein Geschäft vor. Du wirst unser Unterhändler. Sagst denen, die es angeht, dass sie sich bei uns melden sollen, und wir kümmern uns darum, dass Alfred Hartung die Geschichte nicht an die ganz große Glocke hängt. Gewissermaßen als Beitrag zu den Ermittlungen über den Verlauf der Unglücksnacht.«

Enno zögerte. »Ist gut«, sagte er dann. »Mach ich. Und wenn's nichts wird?«

»Tja, dann müssen wir eben andere Saiten aufziehen«, sagte Pieplow und hörte sich dabei fast an wie Kästner.

* * *

Auf der Rückfahrt ins Revier hing Kästners Groll schwer wie Nebel im Streifenwagen. Es kostete ihn Mühe, nicht aus der Haut zu fahren. Er hatte begriffen, dass sie sich die Rundfahrt zu den übrigen Verdächtigen vorerst schenken konnten. Was er nicht verstand, waren Sinn und Zweck der hanebüchenen Schnapsidee, mit der Pieplow ihn überrumpelt hatte.

So drückte es Kästner aus und schien auf jedem Wort herumzubeißen vor Wut. Er hätte gern gebrüllt, das war klar, aber dazu war im Treppenhaus vor der Wachstube zu viel Betrieb.

»Unterhändler!«, spuckte er aus. »Rekonstruktion! Ermittlungen über den Verlauf der Unglücksnacht – ich werd' nicht wieder! Hab' ich irgendwas nicht mitgekriegt, vielleicht ein Fax oder so?« Mit höhnischer Geste wies er auf das Gerät in der Ecke hinter seinem Schreibtisch. »Siehst du da irgendwas oder hast du dir den ganzen Quatsch aus den Fingern gesogen? Was, in drei Teufels Namen, versprichst du dir davon?« Kästners Schreibtischstuhl ächzte, als er sich hineinwarf.

Pieplow schwieg und wartete, ob der Ausbruch vorüber war.

Er war es nicht.

»Glaubst du wirklich, die kommen hier reumütig reinspaziert und lassen sich auf deinen Kuhhandel ein? Mal ganz davon abgesehen, dass du gar nichts zu handeln hast. Ich glaub nämlich nicht, dass Alfred damit einverstanden ist.«

»Was ist, wenn ich Recht habe?«, fragte Pieplow, als sich Gesichtsfarbe und Atmung bei Kästner normalisierten.

»Womit?«

»Dass die Jungs irgendwas gesehen haben, von dem wir nichts erfahren, weil sie nicht zugeben wollen, dass sie am *Klausner* waren.«

»Ach, und was, Herr Kriminalrat?«

»Keine Ahnung. Ich hab sie ja noch nicht gefragt.«

Kästner hob flehend die Arme zur Zimmerdecke und

ließ sie klatschend zurück auf die Stuhllehnen fallen. Aber er sagte nichts mehr. Saß nur stumm und missbilligend da und hörte zu, wie Pieplow mit dem Klausner-Wirt verhandelte.

Es war einfacher, als Pieplow gedacht hatte.

Sachbeschädigung lag vor, gar keine Frage, schickte er vorweg, und natürlich ein Fall für polizeiliche Ermittlungen. Die waren, all den anderen, wirklich furchtbaren Ereignissen zum Trotz, auch durchgeführt worden. Nur zeichnete sich jetzt das wenig befriedigende Ergebnis ab, dass die Mehrheit der Täter schuldunfähig war. Bei Begehung der Tat noch nicht vierzehn Jahre alt. Da war es möglicherweise sinnvoller, die Kinder allesamt, sozusagen im Täter-Opfer-Ausgleich, zu einer Art Wiedergutmachung heranzuziehen. Selbstverständlich nicht als Ersatz für die Haftungspflicht der Eltern, sondern als erzieherische Maßnahme für die geständigen Täter. Ganz unabhängig vom Alter.

Kurz und gut, ob er als der Geschädigte sich mit diesem Plan anfreunden könnte, fragte Pieplow.

Der Klausner-Wirt konnte. Seine Wut hatte sich gelegt, der Schaden war geringer, als im ersten Moment erkennbar, und für tätige Reue auf dem Klausner-Gelände bis zum Herbst genug zu tun. Rasen mähen, Laub fegen, Müll sammeln und noch allerhand, das sonst teure Arbeitsstunden fraß.

»Prima«, sagte Pieplow und versprach, die Delinquenten demnächst zum Erstgespräch zu begleiten.

»Du spinnst ja, so was auf blauen Dunst anzuleiern.

Was machst du, wenn die Bengels nicht kommen? Gehst du dann selbst Rasen mähen oder was?«

»Sie kommen«, sagte Pieplow. »Verlass dich drauf.«

»Oha! Unser Obermeister hat das dritte Auge. Ein unschätzbarer Vorteil im Polizeidienst, wie man hört.« Kästner tippte sich mit dem Finger mitten auf die Stirn.

»So ein Quatsch! Ich glaube eben nicht, dass die Jungs bösartig sind. Sie wissen, dass es Wichtigeres geben kann, als einen blödsinnigen Streich geheim zu halten.«

Kästner schüttelte den Kopf, schnaubte abfällig und hatte schon immer gewusst, dass Pieplow einen Vogel hatte.

Das hinderte ihn nicht, beinahe zufrieden »Kiek an« zu sagen und sich rechthaberisch am Schreibtisch zurückzulehnen, als sich die Tür nach einem vorsichtigen Klopfen öffnete. »Wen haben wir denn da?«

Sie hatten sechs Kinder und nur zwei Holzstühle in der Wachstube. Den einen nahm Enno, der andere blieb leer, bis Jette sich rechts auf die Sitzkante hockte und die linke für Mikka frei ließ. Dahinter Harri und Tom, nervös die Standbeine wechselnd, und Wiesel mit sehr cool in die Hosentaschen gehakten Daumen.

Wie selbstverständlich übernahm Kästner die Regie, beugte sich über seinen Schreibtisch vor und legte eine Hand hinter die Ohrmuschel.

»Ich höre«, sagte er barsch.

»Das am *Klausner* waren wir«, führte Enno das

Wort. Auch er, klar. Aber er war ja nicht so blöd, das jedem gleich unter die Nase zu schmieren. Gab nur Ärger.

Kästner nickte so grimmig, dass Mikka erschrocken zu Boden sah. Er war der Jüngste und nur mitgelaufen. Den Plan ausgeheckt hatten Enno und Wiesel. Die Route auch, über die sie sich anschlichen. Die Gruselstrecke am Strand entlang, wo nachts der Damm wie ein schwarzer Höllenwall aufragte und Findlinge wie große stumme Tiere im Sand zwischen Monsterbäumen lagen, die auf knochenweiß gebleichten Stelzen wie Urzeitvögel ihre hakigen Krallen von oben herabstreckten.

Dass da Leute zum Rumknutschen hingingen, sollte mal einer verstehen. Machten sie aber. Auch in dieser Nacht. Ein Stück hinter dem Saurierbaum hatte ein Pärchen gelegen und ... na ja.

Also, dass die was mit Wandas Tod zu tun hatten, konnte Enno nicht glauben.

Die anderen auch nicht. Sie schüttelten einhellig die Köpfe. Mikka wurde außerdem noch ganz rot.

Dann schon eher der Typ, der gerade in dem Moment aus dem Hochland kam, als Wiesel seinen Kopf über die oberste Stufe der Klausner-Treppe streckte. Der hatte sie nicht gesehen. Aber sie ihn, wie er rüber zum Wald lief. Ziemlich groß, schlank, Hose und Jacke sahen schwarz aus. Das Käppi auch. Der war weder langsam gegangen noch schnell. Wanderertempo eben. Mitten in der Nacht.

Wiesel zuckte mit den Schultern und schaute verständnislos.

»Weißt du, wann das war?«, fragte Pieplow und dachte an den Zeugen, der Wanda vor Mitternacht am Leuchtturm gesehen hatte.

»Genau nicht. Zwölf, schätz ich mal. Kurz bevor beim *Klausner* das Licht ausging.«

Mehr hatten sie nicht gesehen. Entweder war außer ihnen niemand da gewesen oder sie hatten ihn in dem ganzen Stress nicht entdeckt.

»Das war's«, schloss Enno. »Können wir jetzt gehen?«

»Könnt ihr. Vorausgesetzt, ihr stimmt meinem Vorschlag zu.«

Rasen mähen, Laub harken, Müll sammeln. Es gab lange Gesichter und von Wiesel einen ärgerlichen Knuff in Ennos Schulter. Von wegen erledigt, die Sache.

Keiner war begeistert, aber alle einverstanden.

»Also abgemacht – morgen um drei beim *Klausner*.«

»Ich nicht«, sagte Harri leise. »Ich kann nicht.« Er hielt sich an Jettes Stuhllehne fest und starrte lieber in ihr karottenrotes Haar als die anderen anzugucken.

»Du musst«, forderte Enno. »Oder glaubst du, weil du nur Schmiere gestanden hast, kannst du dich drücken?«

»Ich muss arbeiten«, stieß Harri hervor. »Heute und morgen.« Er sah hilfesuchend zu Pieplow hinüber. »Geht's nicht auch später? Um fünf oder sechs?«

Punkt sechs, entschied Pieplow und fragte sich, was den Jungen so ängstigte, dass sich Schweiß im hellen Flaum seiner Oberlippe sammelte.

15

Gestern war der Schuppen verschlossen gewesen.

Heute standen beide Türflügel sperrangelweit offen. Davor und dazwischen türmte sich Müll. Wild durcheinander wie in rasender Wut aufeinandergeschmissen. Ein Stuhl mit drei Beinen und etwas, das aussah wie ein Handtuchgestell. Ein zerborstener Spiegel, ein niedriger Tisch, Kissen. Und hoch über allem wie die Krone des Müllbergs ein Radio.

Irgendwo dahinter musste sein Werkzeug stehen, Farbe, Pinsel, Schmirgelpapapier. Alles so lächerlich sorgfältig aufgereiht, wie er es gelernt hatte.

Harri lehnte sein Rad gegen den Zaun.

Starrte ratlos auf die Verwüstung und horchte hinüber zum Haus, ohne den Kopf zu wenden.

Alles still.

Was nichts heißen musste.

Wenn sie so war wie gestern, konnte sie jeden Moment wie eine Furie aus der Tür und auf ihn zu stürmen. Sich an ihm vergreifen wie an ihrem Mobiliar. Ihm das Stuhlbein über den Schädel ziehen, das unter einem Kissen hervorragte. Oder ihm die Arme auskugeln bei dem Versuch, ihn irgendwohin zu schleifen.

Ich hätte es sagen müssen, dachte Harri. Ich hätte sagen müssen, sie ist verrückt. Da gehe ich nicht mehr hin. Nie im Leben!

Aber er hatte geschwiegen. Nur »ganz gut« gemurmelt, als die Mutter wissen wollte, wie er vorankam. Er war wieder hierhergekommen, wie gezogen von seiner eigenen Angst.

Er suchte mit den Augen die Umgebung ab und stellte fest, dass er allein war und dass noch immer kein Laut aus dem Haus drang.

Er kletterte über den Zaun, was verboten, aber sicherer war als der Weg durch den Garten. Am Gerümpel vorbei tastete er sich über Splitter und Scherben in den Schuppen vor. Der Außenbordmotor musste ins Rutschen gekommen sein. Er hatte die Gartenstühle mitgerissen und eines der Pflanzgefäße zertrümmert. Über dem Rasenmähergriff hing ein Läufer mit Persermuster. Was auf der Werkbank gestanden hatte, lag auf dem Boden über und zwischen prallen Plastiktüten voller Kleidung.

Harri schubste sie mit dem Fuß zur Seite. Hier neben der Werkbank hatte er abgestellt, was er brauchte. Das würde er jetzt hervorholen und notfalls hinten am Zaun im Buschwerk verwahren. Oder mit nach Hause nehmen und es morgen wieder mitbringen. Denn diesen Schuppen würde er nicht mehr betreten. Auf keinen Fall.

Die Fußbank hatte sich unter dem Bootsmotor verkeilt. Sie war das Einzige, was noch fehlte, dann war seine Ausrüstung komplett. Mit aller Kraft zog er an der Schemelseite und hatte es fast geschafft, als eine alte Heckenschere sich selbstständig machte, über Bootsmotor und Rasenmäher nach unten glitt und sich um ein Haar in Harris Knie gebohrt hätte. Er wich gerade noch rechtzeitig aus, so dass die rostigen Scherenspitzen an ihm vorbei in eine der Plastiktüten trafen, sie aufschlitzten und den Inhalt hervorquellen ließen.

Harri hielt den Atem an.

Er wusste, was er sah, und wollte es nicht wahrhaben. Zupfte an der Jacke. Zog sie ganz heraus. Gummierter Stoff, dunkelblau, mit brüchigen reflektorgelben Streifen. Wie an den Einsatzjacken amerikanischer Feuerwehrleute. Vaters Jacke.

Warum war sie hier? Warum in eine Plastiktüte gestopft wie Abfall?

Wenn das Herz pumpt wie verrückt und Blut durch den Körper jagt, bis er sich fieberheiß anfühlt, wenn in den Ohren Orkanbrausen tobt und die Augen wie durch Nebel starren, ist es schwer, einen klaren Gedanken zu fassen.

Erst recht keinen, der das Entsetzen in Schach hält, dass der Vater ein Mörder ist. Einer, der sich, die Kapuze seiner Jacke tief in die Stirn gezogen, nachts auf den Swanti schleicht und die Frau tötet, die er bis aufs Blut hasst.

Weil sie ihn durchschaut. Weil sie sagt, was sie von ihm hält, ob er es hören will oder nicht. Dass er Frau und Sohn quält. Dass er sich und seine Wut nicht zügelt.

Anderen schadet. Sie ängstigt und demütigt. Und dass er umkehren, zum Ewigen finden muss, zum Kosmos und seinem Platz darin.

Sonst, hatte Wanda gesagt, sei er dem Leben verloren. Ein Mann auf dem Weg in das Land des Todes.

»Du willst mir drohen? Gerade du?«, hatte der Vater geschrien.

»Ich drohe nicht, Manfred. Ich kündige an. Das ist etwas vollkommen anderes, denn ich sage dir auch, dass du umkehren kannst. Zurück in den Schoß der Schöpfung. Zur Liebe. Zum Licht.«

Ganz ruhig hatte Wanda dem Vater gegenübergestanden. Ohne Angst. Ohne zurückzuweichen, als er mit seinen Fäusten vor ihr herumfuchtelte. Tobte. Brüllte. So laut und so zornig, wie Harri ihn noch nie erlebt hatte. Als sei ein Damm gebrochen, hinter dem sich abgrundtief ein Hass gestaut hatte, der jetzt hervorbrach.

»Schluss mit dem Quatsch! Liebe und Leben und Licht und dieser ganze verlogene Scheiß! Ich will's nicht hören. Und ich will nicht, dass du meiner Familie deinen Hokuspokus in die Ohren bläst. Schluss, aus, Ende! Nie wieder setzt du einen Fuß in dieses Haus, kapiert? Nie wieder! Und jetzt raus, du verfluchte Hexe!«

»Aber Manfred ...« Die Mutter hatte nicht weitersprechen können. So hatte sie geschluchzt und gewimmert.

»Du hältst die Schnauze!« Das Gesicht des Vaters war verzerrt gewesen vor Wut. »Sie geht, sage ich! Sofort.

Und gnade dir Gott, du lässt sie jemals wieder ins Haus.« Er war hinausgestürmt und hatte die Tür mit solcher Wucht hinter sich zugeworfen, dass Harri auf seinem Stuhl zusammengezuckt war.

Nun hockte er hier zwischen diesen zerborstenen Dingen und starrte mit leerem Blick auf die Jacke seines Vaters. Berührte sie vorsichtig mit den Fingerspitzen wie etwas, das einmal eine andere Bedeutung gehabt hatte. Etwas, das sie gemeinsam gehabt hatten, sein Vater und er. Den Tag auf der Fähre und die schwedische Jacke.

Der große starke Vater und sein stolzer kleiner Sohn.

Jetzt war sie ein Mordbeweis und der Sohn so verzweifelt, dass er zu zittern begann. Kaum die Hände dazu brachte, die Jacke zurück in die Tüte zu stopfen, sie an sich zu pressen und wie gelähmt dazusitzen. Sich einen Ort zu wünschen, an dem er sich verkriechen konnte. Einen warmen, sicheren Ort und jemanden, der all das Furchtbare von seinen Schultern nahm. Ihn tröstete und ihm zeigte, wie seine Welt wieder hell werden konnte.

Wanda.

Der Gedanke an sie und die Tränen kamen gleichzeitig. Sie konnte es. Ihn trösten und seine Welt wieder hell werden lassen. Sie brachte die Engel mit, den mit dem leuchtenden Schwert und den mit dem Umhang aus Sonnenlicht. Sie würden ihm so viel Mut und Kraft geben, dass er aushielt, was nicht auszuhalten war.

Und plötzlich wusste Harri, an welchen Ort er sich sehnte.

* * *

Pieplow hatte sich umgezogen. Die Uniform sorgfältig aufgehängt, bereit für den nächsten Einsatz. Die Waffe sicher verwahrt im brotkastengroßen Tresor, auf dem Benzlau als vorsichtiger Vermieter bei Vertragsabschluss bestanden hatte, weil Fiktion und Realität bitte schön zwei sehr verschiedene Paar Schuhe seien. Filme zu produzieren, in denen herumliegende Waffen für Spannung und blutige Szenen sorgten, sei zwar ein einträgliches Geschäft, aber etwas so Mordsgefährliches auf dem eigenen Grundstück jedem Verrückten zugänglich zu machen, bodenlos leichtsinnig.

Pieplow war einverstanden gewesen, hatte den Mietvertrag für die Einliegerwohnung unterschrieben und sich gefragt, woher und wie wohl Verrückte auf das Grundstück der Benzlauschen *Seemöwe* kommen sollten.

In den Jahren seitdem waren es dann doch einige gewesen. Laute, trinkfeste Filmschaffende, die auf Benzlaus legendären Inselfesten das Dramatische so liebten, dass man Waffen tatsächlich besser vor ihnen in Sicherheit brachte.

Pieplow stand an der Treppe zum Kirchhof und fand es unpassend, hier auf Marie zu warten, ganz zivil in Polohemd, Jeans und Turnschuhen, und an seine Waffe zu denken. An das vertraute Gefühl, wie der Unterarm sie im Holster am Gürtel streifte.

Als wenn er sie auf der Insel schon jemals gebraucht hätte, wo die wichtigste Waffe des Polizisten noch das Wort sein konnte, wie es so schön hieß. Auf Hiddensee reichten eine klare Ansage, ein fester Griff und einsatzbereites Pfefferspray, wenn's denn unbedingt sein musste.

Ein Mann mit Fotoapparat riss Pieplow aus seinen unangebrachten Gedanken.

Ob er vielleicht ... ?

Selbstverständlich.

Pieplow nahm den Apparat und dann das Gewünschte ins Visier. Hinten die Kirche, vorne die Friedenssäule. Seitlich ein Baumriese, vor lauter Windflucht und Sonnenverehrung stark ostwärts geneigt über Steine und Kreuze, Jahrhunderte alt.

Der Mann und die Frau in Positur, sie lächelte, er rückte sein Käppi zurecht.

Auf der Säule stand ›Möge Friede sein auf Erden‹, auf dem Käppi ›Air Force One‹.

Pieplow gab die Kamera zurück und war auf einmal gereizt. Du gibst dich mit solchen Kinkerlitzchen ab, warf er sich vor, anstatt etwas Vernünftiges zu tun. Zum Beispiel die Gedanken zu sortieren, die in deinem Kopf auftauchen und wieder wegrutschen wie Aale durch nasse Finger. Dich entscheiden, was du tun willst. Die Unfallversion akzeptieren und zur Tagesordnung übergehen oder dich an den Mordgerüchten festbeißen und systematisch werden. Noch mal von vorn anfangen. Jede Minute von Wandas letztem Tag rekonstruieren.

Möglichst alle ihre Patienten ausfindig machen. So lange fragen und suchen und nachbohren, bis du etwas Handfestes hast. Eine Spur, ein Indiz. Einen begründeten Verdacht.

Auch wenn andere das für verschroben hielten.

Kästner, der nie etwas suchte, wo es nichts zu finden gab.

Oder Schöbel, der sich in Schweigen hüllte und vielleicht gar keine Hinweise mehr erwartete.

Und Böhm? Der würde den Deubel tun und das Risiko eingehen, für verschroben gehalten zu werden.

Keiner gäbe etwas auf die Hirngespinste der Leute. Auf die Rachephantasien eines verwurmten Seemanns oder die Unkereien einer Greisin, die vor dreißig Jahren mal Grund zur Eifersucht hatte.

Niemand außer dir.

»Ich krieg' 'nen Knall! Bist du's oder bist du's nicht?« Der Mann, der sich breitbeinig vor Pieplow aufgebaut hatte, musste den Knall bereits haben. Anders ließ sich kaum erklären, warum einer in dunklem Anzug und immer noch ziemlich blanken Budapestern in der Sommerhitze auf dem staubigen Kirchweg stand.

»Jetzt sag bloß, du erkennst mich nicht!« Der Mann mit der lässig unter den Arm geklemmten Aktenmappe klang ehrlich enttäuscht.

Erst als Pieplows Phantasie das Haar auf die schweißglänzende Halbglatze zurückzauberte und vierzig Kilo Gewicht entfernte, begann es ihm zu dämmern.

»Matthias?«

»Na, da haben wir aber ganz schön auf der Leitung gestanden, was, Herr Wachtmeister?« Matze mit der Hornhaut an den Füßen und dem viel zu großen Damenrad schlug Pieplow freundschaftlich gegen den Oberarm. »Oder bist du nicht mehr bei dem Verein?« Er zupfte fragend an Pieplows Hemdärmel.

»Doch, ja. Natürlich. Ich bin nur nicht ...«

»Klar, klar, geht ja auch nicht, immer im Dienst.« Matze war schon immer schnell gewesen. Auf dem Rad, im Kopf und mit dem Mundwerk. Er sah hektisch auf seine Armbanduhr. »So ein Pech. Ich muss weiter. Es gibt Kunden, die lässt man besser nicht warten. Grade in diesen Zeiten, wenn du verstehst, was ich meine.«

Pieplow fiel rechtzeitig ein, dass – ausgerechnet! – Matze Banker geworden war, und versuchte ein verständnisvolles Nicken. »Ja, dann ...«

»Nee, nee, so einfach kommst du mir nicht davon. Wer weiß, wann wir uns mal wieder über den Weg laufen. Man verliert sich ja ganz aus den Augen. Es ist jetzt ...«, er sah wieder zur Uhr, »kurz vor drei. Wie lange werde ich brauchen? Sagen wir eineinhalb Stunden. Maximum. Danach hab ich Zeit für ein paar gepflegte Biere mit dir. Was hältst du von der Kneipe unten am Hafen? Halb fünf?«

»Also, ich ... ja, das geht«, stimmte Pieplow schweren Herzens zu. Er wusste zwar nicht genau, wie, aber so hatte er sich den Verlauf seines Nachmittags nicht vorgestellt.

»Also abgemacht. Halb fünf am Hafen. Ciao, Daniel!«

Er buffte Pieplow noch einmal gegen den Arm und war bereits mit ausholenden Schritten losmarschiert, als er sich noch einmal umdrehte. »Kannst du mir sagen, wie ich am schnellsten zum Hügelweg komme?«

Pieplow konnte.

»Du machst ja interessante Bekanntschaften.« Auch Marie sah dem davoneilenden Matthias Behnsen hinterher, bevor sie sich auf Zehenspitzen zu Pieplow beugte und ihn auf die Wange küsste.

»Du würdest dich wundern, womit ich mir sonst noch die Zeit vertreibe, während ich auf dich warte.« Pieplow küsste zurück, um ihre Begrüßung zu erwidern und um ihren Duft zu atmen, der ihn wie immer an Pfirsich denken ließ. Vielleicht mit einem Hauch Zitrone.

»Daniel!« Aus ihrem Kindersitz streckte Leonie ihm die Arme entgegen. Er nahm sie heraus und behielt sie auf dem Arm, während Marie das Rad abstellte.

»Sieh mal, sind die nicht schön?« Sie hielt einen Rosenstrauß in der Hand, sommerbunt und sorgfältig in feuchtes Papier gewickelt, damit er nicht litt, bevor er bei Fine ankam.

»Mh«, machte Pieplow und nickte. Noch schöner war die Frau, die den Strauß hielt und sich bei ihm einhakte.

»Also?« Sie sah ihn auffordernd an.

»Also was?«

»Wer war der seriöse Herr, mit dem du dich so angeregt unterhalten hast? Woher kanntest du ihn?«

»Ach, der.« Pieplow lachte. Der seriöse Herr Matze. »Das ist eine lange Geschichte.«

»Erzähl!«

»Jetzt?« Jetzt war schlecht. Sie waren rechts um die Kirche herumgegangen und Leonie hatte sich auf den Wegen zwischen den Hecken selbstständig gemacht.

Besser, man behielt sie im Auge, wie sie an all den Gräbern der Schlucks und Witts und Thürkes vorbeilief. Ein bunter Schmetterling in einem Labyrinth aus ernstem Dunkelgrün.

»Hier, Mama?«, rief sie und hüpfte weiter, sobald Marie den Kopf schüttelte. »Hier?«

Und dann hatte sie gefunden, was sie suchte. Das breite Grab der Gaus, in dem Josefine als Letzte begraben worden war. Unter dem blanken schwarzen Stein mit dem Namen ihres Mannes, der nicht hier lag, sondern irgendwo am Grund der Danziger Bucht. Mit seiner Fregatte versenkt in den letzten Wochen des Krieges.

Auch für ihn sollten die Rosen sein. Marie stellte sie genau in die Mitte.

Als sie sich aufrichtete, sah Pieplow die Kette. Glatte goldbraune Perlen im Wechsel mit harzgelben Tropfen. Er streckte die Hand aus und strich mit den Fingerspitzen darüber.

»Ich habe solche Perlen schon einmal gesehen«, sagte er und dachte an das Kameradisplay des Kriminaltechnikers. Ein Kreis aus Bernsteintropfen und Zapfen im Gras des Swanti. »Du hast sie von Wanda, oder?«

»Ja, stimmt. Wusstest du das nicht?« Sie ließ die

Kette durch ihre Finger gleiten. »Sie gibt mir die Kraft zu einem Neuanfang und schützt mich vor schlecht gelaunten Menschen. Es wäre also besser, du lächelst mich an. Dann lässt es sich leichter über Neuanfänge nachdenken.« Das Lächeln, mit dem sie Pieplow ansah, hatte etwas Spitzbübisches.

»Du bist nicht die Einzige, die so eine Kette hat«, sagte er ernst und wusste, dass er wieder mal eine Chance verpasste.

Auch Maries Gesicht wurde ernst.

»Natürlich nicht. Wanda hat sie für alle gemacht, denen sie helfen wollte. Als Medizin mit kosmischer Kraft, nicht als Tinnef, den man sich einfach nur so um den Hals hängt.«

Pieplow dachte an Anita Burgwalds arthritische Hände und ihren weichen, faltigen Hals, an dem die Bernsteinkette überhaupt nicht wie Tinnef gewirkt hatte. Eher wie eine tröstende Kostbarkeit.

Oder wie eine gesegnete Gabe über Nora Schillings üppiger Brust, die Baby Max so schlafraubend oft in Anspruch nahm, dass seine Mutter eine der Wenigen war, die etwas über Wandas letzte Lebensstunden …

Sie waren fast schon wieder am Friedhofsausgang angekommen, als Pieplow so abrupt stehen blieb, dass Marie ihn erstaunt ansah.

»Was ist? Hast du was verloren?«

»Im Gegenteil«, sagte Pieplow. »Ich glaube, ich habe gerade etwas gefunden.«

»Und was?« Maries Blick suchte den Boden vor Pieplows Füßen nach seinem Fund ab. Geldbörse, Autoschlüssel, sonst etwas, das seinem Besitzer zurückgegeben werden konnte.

»Das meine ich nicht«, sagte Pieplow und schob sie sanft weiter. »Mir ist etwas aufgefallen. Ein Zusammenhang, den ich die ganze Zeit nicht gesehen und gerade eben erst entdeckt habe.«

»Bei den Ermittlungen?«

Pieplow nickte. Sofern man das, was er betrieb, Ermittlungen nennen konnte, wenn ihm erst jetzt auffiel, dass Wanda in ihrem Haus kein Licht gemacht haben konnte, als Nora Schilling ihren Sohn stillte. Denn wenn sie tatsächlich mit den Hühnern zu Bett gegangen und erst vier Stunden später wieder aufgestanden war, musste es nach Mitternacht gewesen sein, als sie im Halbschlaf das Licht gegenüber sah. Funzliges Licht wie von Kerzen. Zu einer Zeit, als Wanda Sieveking kilometerweit weg war.

Dafür gab es Zeugen.

Und danach konnte sie nicht mehr zurückgekehrt sein. Definitiv nicht.

Sturz aus großer Höhe, vermutlich zwischen null und zwei Uhr morgens ...

Pieplow glaubte die Berichtsstimme des Professors zu hören.

Aber wer war dann in Wandas Haus gewesen?

Und warum?

»Ich muss sie noch mal fragen«, murmelte er und hätte sich am liebsten sofort auf den Weg zu Nora Schilling gemacht und sich vergewissert, dass seine Berechnungen stimmten. Dass es mindestens halb eins war, als bei Wanda Licht brannte.

»Aber nicht jetzt! Jetzt gehen wir Eis essen«, verlangte Marie.

»Ich will auch Eis!«, forderte Leonie.

Pieplow hatte es versprochen.

»Nur unter der Bedingung, dass ich etwas abbekomme«, willigte er ein und wusste doch, dass er nur halb bei der Sache sein würde. Bei der Eissache und allem anderen auch, was er sich unter einem unbeschwerten Nachmittag vorgestellt hatte.

Es dauerte noch mehr als eine Stunde bis zur Abfahrt des Fünf-Uhr-Schiffs. Trotzdem herrschte am Hafen schon reges Treiben. Auf *Willis Fischbarkasse* genauso wie an den Postkartenständern der *Strandkiste* und auf den Bänken am Bollwerk. Unter den Sonnenschirmen der *Hafenbar* gab es keinen einzigen freien Tisch.

»Lass uns woanders hingehen«, sagte Marie.

»Ich will aber Eis«, quengelte Leonie.

Und während sie noch überlegten, hob jemand den Arm über die Köpfe der anderen Gäste, winkte sie heran und rief begeistert: »Na, das nenne ich eine Überraschung!« Der seriöse Herr Matze.

Er wirkte irgendwie derangiert. Sein Jackett hing über der Stuhllehne, der Schlips saß schief und das Hemd war unter den Armen gewaltig verschwitzt. In seinem Glas neben dem Aschenbecher schmolz Eis in einem Rest

Whisky. Aber seine Umgangsformen waren untadelig. Er stand auf, schob einen Stuhl für Marie zurecht und verbeugte sich knapp, als sie Platz nahm.

»Frau Pieplow, nehme ich an.« Er lächelte so charmant, dass Pieplow sich ärgerte.

»Bislang nicht«, sagte Marie und lächelte zurück.

Jetzt schwitzte auch Pieplow und hätte gern sofort gewusst, wie sie das meinte. Stattdessen übernahm er es, sie einander vorzustellen. Marie Eggert und ihre Tochter Leonie, die beiden wichtigsten Frauen in seinem Leben. Matthias Behnsen, früher Hansdampf in den Gassen des Darß und heute genauso bewandert in allem, was mit Geld zu tun hatte. Vermutete Pieplow.

»Ach, und deswegen sind Sie auch hier?« Mit dem Kopf deutete Marie zur Aktenmappe neben Glas und Aschenbecher.

»Sie sagen es, Marie. Man muss sich kümmern heutzutage. Kontenpflege, Beratung, Service. Da kommt schon mal die Bank zum Kunden, wenn's gewünscht wird. Auch wenn es eine kleine Weltreise von Stralsund nach Kloster bedeutet.« Er lachte zu laut und trank zu schnell.

Irgendetwas hatte ihn aus dem Konzept gebracht.

Pieplow bestellte. Kaffee für die Großen, Kakao für das Kind. Die Damen wünschten sich Eis.

Behnsen orderte dasselbe noch mal. Doppelter Whisky, zwei Würfel Eis.

»Wieso bist du überhaupt schon hier? Sagtest du nicht halb fünf?«

Matthias Behnsen fuhr sich mit der flachen Hand über den Kopf. Wischte sich durch das Gesicht. Atmete schwer.

»Sagte ich, ja. Manchmal geht es doch schneller als erwartet. Es gibt eben ... wie soll ich sagen ... sehr spezielle Kunden.« Er sah zwischen Marie und Pieplow hindurch übers Wasser dorthin, wo Stralsund lag. »Man will nur das Beste und dann ... Ihr entschuldigt mich kurz?« Als er sich auf den Tisch stützte um aufzustehen, rollte der Hemdärmel herab.

An der linken Manschette fehlten die Knöpfe.

Pieplow wartete, bis Behnsen in der Lokaltür verschwand, dann öffnete er die Mappe.

»Daniel! Du kannst doch nicht ...« Sie sah sich wie eine Komplizin um. »Hast du schon mal was von Bankgeheimnis gehört?«

Es ging um viel Geld. Sehr viel sogar, das sah Pieplow sofort. Und auch, dass es bewegt werden sollte, auf andere Konten, zu anderen Banken.

Pieplow blätterte hastig. Verkaufsaufträge. Löschungsmitteilungen. Zahlungsanweisungen.

Es sah ganz so aus, als wenn Matthias Behnsen und seine Bank gerade eine profitable Kundin verloren.

»Warum tust du das? Diese Sachen gehen dich doch wirklich nichts an.« Marie warf vorsichtshalber einen Blick über die Schulter. Noch war von Behnsen nichts zu sehen.

»Er ist angegriffen worden, und ich glaube, ich weiß auch, von wem«, sagte Pieplow. Er überflog die Abrechnung eines Depots, in dem mehr lag, als ein Polizist je verdienen würde. Es stimmte also, was man sich erzählte. Die Mantheys hatten mehr Geld, als die meisten sich vorstellen konnten.

»Wie kommst du darauf?«, fragte Marie.

»Worauf?«

»Dass er angegriffen wurde.«

»Ach so. An seiner rechten Manschette fehlen die Knöpfe.«

»Vielleicht waren gar keine dran?«

Pieplow schüttelte den Kopf. »Sie sind herausgerissen. Das sieht man.« Er schloss die Mappe und legte sie an ihren Platz zurück.

»Er kann auch irgendwo hängen geblieben sein«, gab Marie zu bedenken. »Du glaubst doch nicht wirklich, dass jemand seinen Bankberater zu sich bestellt und ihm dann das Hemd zerreißt.«

»Möglich wär's«, beharrte Pieplow. Er sah Gesine Manthey vor sich, so betrunken wie vulgär in ihren zerknautschten Fummeln und mit dem billigen Tand um den Hals.

Mehr als möglich.

»Was ist passiert?«, fragte Pieplow, als Behnsen zurückkam und aussah, als habe er sich den Kopf gewaschen. Feuchtes Haar und Wasserflecken am Kragen, aber die Manschetten wieder sorgfältig aufgerollt.

»Was soll denn passiert sein?«, wich Behnsen aus und legte unwillkürlich eine Hand auf seine Ledermappe.

»Ich rede von Frau Manthey, Matze. Davon, dass du bei ihr gewesen bist und irgendetwas schiefgelaufen ist.«

Behnsen dachte nach. Starrte in sein Glas, hob den Kopf und musterte Pieplow. Sah aufs Wasser hinaus und kaute so heftig an der Antwort, dass seine Kiefer sich kantig im glatt rasierten Gesicht abzeichneten.

Dass er zu weit gegangen war, wusste er hoffentlich, schickte Behnsen vorweg. In fremden Papieren herumschnüffeln, ging ja wohl gar nicht. Von wegen Rechtsstaat und so.

Aber was Matthias Behnsen in der letzten Stunde erlebt hatte, war Grund genug, der Polizei einen Tipp zu geben, bevor womöglich Schlimmeres passierte als eine zerrissene Manschette und ein paar verhunzte Formulare.

Auf denen, die Behnsen hervorzog, sah Pieplow, was gemeint war. Kreuz und quer Krakel und Zacken, kleine Löcher dort, wo der Stift durchs Papier gestoßen worden war.

»Wenn du mich fragst, gehört sie schleunigst aus dem Verkehr gezogen. Völlig durchgeknallt, die Frau. Schreit und keift wie ein Fischweib und geht auf mich los, als ich ihr erklären will, was sie wo und warum unterschreiben soll. Hätte ihr Mann sie nicht gebändigt, die wäre mir glatt an die Gurgel gegangen. – Guck dir das an!«

Als Behnsen den Hemdsärmel hochschob, sah Pieplow Kratzspuren, und er ahnte, dass es ein Fehler gewesen war, Gesine Manthey nicht wichtig zu nehmen, ihr keine Bedeutung zu schenken. Er hatte sich von ihrem

Mann abwimmeln lassen, der Wanda nicht gekannt haben wollte.

Das konnte sogar stimmen.

Aber sie?

Sie hatte das Haus geerbt. Sie war lange vor ihrem Mann auf der Insel gewesen.

Sie hatte Wanda gekannt. Und eine Rolle bei ihrem Tod gespielt, davon war Pieplow überzeugt.

Er musste nur noch herausfinden, welche.

Diese Frage beschäftigte ihn so sehr, dass er nur am Rande registrierte, was um ihn geschah.

Dass Behnsen schnell wieder Oberwasser hatte und seine Flucht aus dem Mantheyschen Haus als Abenteuer erzählte.

Dass Marie nicht wusste, was sie von all dem zu halten hatte und Leonie auf den Spielplatz wollte. Oder ans Meer. Irgendwohin, wo es weniger langweilig war als vor einem leer gegessenen Eisbecher. Sie sah Pieplow erwartungsvoll an.

Er stand auf und strich ihr über das Haar. »Ein andermal, Leonie. Tut mir leid, aber ich muss mich noch um etwas Wichtiges kümmern.« Und zwar schnell, dachte er. Solange diese Frau Manthey überhaupt noch vernehmungsfähig ist.

Still und unheilvoll stand das Haus. Wie verlassen. Türen und Fenster weit offen und im Gras davor, was in unbändiger Wut hinausgeworfen schien: Bücher, ein Bild. Dinge, die aussahen, als gehörten sie auf einen Frisiertisch.

Unter Pieplows Füßen knirschte Glas, als er sich vorsichtig näherte. Seine Hand fuhr vergeblich nach rechts an den Gürtel. Er war in Zivil. Er war unbewaffnet und allein. Ausgeschlossen, so wehrlos in das Haus zu gehen, in dem es vollkommen still war.

Dicht am Zaun, jederzeit zum Sprung auf die Straße bereit, bewegte er sich nach links auf die Gartenseite des Hauses zu. Blieb stehen, sah sich um, lauschte.

Nichts.

Nur die Spuren einer Raserei, die vorüber schien.

Pieplow zog sein Telefon aus der Tasche und flüsterte fast, als Kästner sich meldete.

»Komm an den Hügelweg. Zu Manthey. Sofort und so schnell du kannst.«

»Was ist passiert?«

»Keine Ahnung. Sieht aus, als wäre die Frau durchgedreht und hätte alles kurz und klein geschlagen.«

»Verletzte?«

»Weiß ich noch nicht. Besser, du alarmierst den Rettungsdienst. – Mach schnell«, sagte er noch einmal. Aber Kästner hatte schon aufgelegt.

Nach dem nächsten Schritt in den Garten wusste Pieplow, dass sie mehr als den Sanitäter wohl die Kripo brauchten. Und die Gerichtsmedizin.

Wie gemetzelt sahen die Engelstrompeten aus. Nur noch die Reste der riesigen Pflanzen hingen am zerfetzten mattgrünen Geäst. Darunter lag Armin Manthey reglos, die Arme weit ausgebreitet mit dem Gesicht nach unten auf einem trostlosen Teppich aus Blättern und

Blüten. Aus Wunden, die Pieplow nicht sehen konnte, war Blut ausgetreten und hatte die fahlweißen Kelche mit einem schmutzigen Rot gefärbt.

Der Hals, an den Pieplow zwei Finger legte, schien kühl und wie stumm ohne das lebendige Pochen der Adern. Für einen Moment fühlte er sich wie gefangen in der hohlen, seelenlosen Stille, die den Toten wie eine Aura umgab. Die so vollkommen tonlos war, dass der plötzliche Schrei und das Bersten von Glas wie eine Explosion in Pieplows Kopf wirkte.

Er fuhr panisch herum, riss zur Abwehr die Arme vor das Gesicht und sprang gleichzeitig in die Deckung der Hauswand. Wartete, jeden Muskel gespannt, auf einen Angriff.

Aber es kam nichts.

Keine schreiende Furie mit was auch immer bewaffnet, keine heimtückisch tastenden Schritte. Nicht mal etwas wie das Nachrieseln von Scherben aus einem zerschlagenen Rahmen.

Und dann wurde ihm bewusst, dass er sich getäuscht hatte. Dass der Schrei nicht so nah gewesen war, wie er in der Totenstille auf ihn gewirkt hatte.

Er war von jenseits der Straße gekommen.

Als Pieplow losrannte, kam die erste Sirene näher und kurz darauf stob der Sand unter den Rädern auf, als der Rettungswagen bremste.

»Hinten im Garten!«, schrie Pieplow dem Fahrer zu, der nicht wissen konnte, was ihn erwartete.

»Hey, und wohin willst du?« Es gab nur einen Sanitäter auf Hiddensee. Er würde, bis Kästner kam, mit dem Toten allein sein.

Pieplow war schon in den Weg zum Wald eingebogen. »Zu Wanda!«, rief er über die Schulter zurück. Für mehr war keine Zeit.

Sein Gehirn arbeitete blitzschnell. Ließ ihn nicht denken und folgern, nur reflexhaft voranjagen. Auf Wandas Haus zu bis vor die verschlossene Tür. An unversehrten Fenstern vorbei nach hinten in den Garten.

Erst das Geräusch hielt ihn auf. Etwas wie ein lautes, tierhaftes Stöhnen. Drei, vier Mal wiederholt wie die verzweifelte Frage einer sprachlosen Kreatur. So viel Qual und Wut klang darin, dass Pieplow den Atem anhielt.

Der raue Putz schrammte an seinen Schultern, als er sich gegen die Wand gepresst langsam zur Hausecke vorschob. Noch bevor er einen Blick auf die Terrasse werfen konnte, hörte er die andere Stimme. Heller als die erste. Fast schrill und überkippend vor Angst wie die eines zu Tode erschrockenen Kindes.

Mit vier langen Sätzen sprang Pieplow aus seiner Deckung. Über die Terrasse durch die Tür und die knirschenden Scherben in die hintere Ecke des Raums. Zu dem Sessel, über den sich Gesine Manthey beugte, Harris Arme umklammerte und ihn schüttelte, dass sein Kopf hin- und herflog.

Sein Hemd war zerrissen, seine Arme zerkratzt und in seinen Augen brannte blankes Entsetzen. Er presste sich tief in den Sessel hinein, zog die Beine hoch, als Pieplow die Frau zurückriss, und umklammerte seine Knie mit den Armen. Würgend und schluchzend hockte er da, wie gelähmt vom Nachhall seiner Todesangst.

Gesine Manthey wand sich unter dem Griff, mit dem Pieplow sie hielt. Sie trat mit den Füßen und warf voller Wut den Kopf hin und her. Rhythmisch und immer schneller, bis ihr Toben in ein Zucken überging, das ihren ganzen Körper erfasste.

Und dann war es so plötzlich vorüber, dass Pieplow erschrak. Sie hing so schlaff und schwer in seinem Arm, dass er sie zu Boden gleiten ließ.

»Ist sie tot?« Harris Frage war nur ein banges, heiseres Flüstern.

Pieplow fuhr herum. »Was machst du hier? Was hast du hier zu suchen?«, brüllte er und hätte den Jungen am liebsten gepackt. Ihn hochgerissen, ihn geohrfeigt und angeschrien, bis die Wut sich legte, in der Anspannung und Angst sich lösten. Er rang nach Luft. »Wie, zum Teufel, bist du hier überhaupt reingekommen?«

Harri starrte stumm auf die reglose Frau.

»Sie ist nur bewusstlos«, sagte Pieplow schroff. »Sieh mich an! Ich hab dich was gefragt!«

»Ich ... der Schlüssel ...« Harri schluckte. »Ich weiß, wo er ist ... für alle Fälle.«

»Für alle Fälle? Was soll das heißen?«, fragte Pieplow leiser, aber kaum weniger scharf.

»Ich durfte das.« In Harris Stimme meldete sich eine Spur von Trotz. »Ich durfte immer hierher. Auch wenn

Wanda nicht da war. Sie hat's mir erlaubt.« Er hatte nichts Verbotenes getan. Hatte die Tür sogar hinter sich verschlossen, damit niemand merkte, dass er sich hier verkroch. In diesem Sessel hockte und heulte wie ein Schlosshund, bis eine Müdigkeit kam, die ihn so gleichgültig machte, dass sich alles aushalten ließ. Irgendwie. So hatte es sich jedenfalls angefühlt, bis die Verrückte alles in Scherben geschlagen hatte und er fast gestorben wäre vor Angst.

Er wollte weg. Er musste hier weg. Sich und sein Geheimnis in Sicherheit bringen. Er griff nach der Tüte neben dem Sessel. »Darf ich nach Hause?«

Pieplow nickte. Es gab keinen Grund, den Jungen hierzubehalten. Und es wurde Zeit, dass er sich um Gesine Manthey kümmerte.

»Darfst du. Ich weiß ja, wo ich dich ... Was nimmst du da mit?«

»Nichts, nur ...« Harri wusste, dass seine Angst ihn verriet. Die verzweifelte Kraft, mit der er die Tüte gegen den Bauch presste. Der entsetzte Blick, mit dem er Pieplow beschwor, nicht weiter zu fragen. Er versuchte es trotzdem. »Das ist meins«, stieß er hervor.

»Gib her!« Pieplow streckte den Arm aus und bewegte fordernd die Finger. »Los!«

Harri rührte sich nicht.

»Hast du nicht gehört? Ich will wissen, was da drin ist!«, herrschte Pieplow ihn an. Ging auf ihn zu, griff nach der Tüte und starrte auf die Jacke, die herausfiel, als der dünne Kunststoff zerriss. Er sah Harri an und hatte nicht die leiseste Ahnung, warum eine alte Regenjacke den Jungen so ängstigte, dass sich ein feuchter Fleck auf seinen Shorts ausbreitete.

Pieplow hob die Jacke am Kragen auf, um sie hin- und herzuwenden. Ihre Größe zu schätzen, in ihre Taschen zu greifen.

Rechts ein paar Handschuhe, Leder, nicht mehr neu und rissig vom Tragen.

Links ein Notizbuch. Schwarz, mit einem silbrigen Band, an dem der Kalender aufschlug, als Pieplow daran zog.

»5. August«, las er. »Der Himmel blau und wolkenlos.

Warm.

Kornblumen, Kamille und Mohn. Schön.

Malven und Rosen so üppig wie lange nicht mehr.

Gesine – Rizinus, viel Wasser! Und sie wird wieder allein sein! –

Uriel.«

Alle Seiten seitdem waren leer.

»Verdammt!«, stieß Pieplow hervor. »Wo hast du die Sachen her?«

»Nur die Jacke«, schluchzte Harri gequält. »Ich hab nur die Jacke in Mantheys Schuppen gefunden.« Mit dem Handrücken wischte er sich Rotz und Tränen aus dem Gesicht.

»Aber warum ...«, begann Pieplow und musste plötzlich nicht weiter fragen. »Sie gehört deinem Vater. Hab ich Recht?«

Keine Antwort. Nur ein stummes verzweifeltes Nicken.

»Und du denkst, er hat etwas mit Wandas Tod zu tun.« Pieplow trat neben den Jungen und legte ihm den Arm um die Schultern. »Wie kommst du darauf?«

Harri schluchzte und schwieg.

»Raus mit der Sprache – was ist passiert?« Pieplow verstärkte den Druck seines Arms.

»In der Nacht ... Er war da, als sie ... gestorben ist. Ich hab ihn gesehen!«, stieß Harri hervor.

Pieplow ging vor dem weinenden Jungen in die Hocke und sah in dessen verstörtes Gesicht. »Langsam, Harri, der Reihe nach. Wo hast du deinen Vater gesehen?«

»Am *Klausner*, als wir ... Ich hatte mich versteckt, sonst hätte er mich gefunden und dann ...«

»Sah es denn so aus, als wenn er dich sucht?«

»Eben nicht«, sagte Harri und hob den Kopf. »Er ist einfach vorbeimarschiert. Ziemlich schnell. Nicht wie einer, der was sucht.«

»Trotzdem hast du ihn erkannt?«

»Die Jacke, ja. Sonst nichts. Konnte ich ja nicht, weil er die Kapuze auf dem Kopf hatte.«

»Aber du bist sicher, dass es ein Mann war?«

Harri sah erstaunt auf. Dachte angestrengt nach und schüttelte den Kopf. Niemals wäre ihm in den Sinn gekommen, unter der hochgeschlagenen Kapuze eine Frau zu vermuten. »Ja«, sagte er dann entschlossen. »Ganz bestimmt ein Mann.«

Pieplow atmete vor Erleichterung tief aus, als er sich aufrichtete. »Ich glaube, du irrst dich, Harri. Bestimmt sogar. Dein Vater hat Wanda nicht gemocht, sie wohl sogar gehasst. Aber er hat sie nicht getötet. Ich glaube, ein anderer hat es getan und wir werden herausfinden, wer. Mit der Jacke zum Beispiel. Mit den Handschuhen und dem Kalender. Und mit all dem, was zutage kommt, wenn wir anfangen zu suchen.«

16

»Man könnte es als eine Art höherer Gerechtigkeit sehen«, schlug Pieplow vor.

»Den toten Mörder, meinen Sie?« Schöbel verzog skeptisch das Gesicht. »Klar kann man das. Ich persönlich finde diese Art von höherer Gerechtigkeit allerdings unbefriedigend. Berufsbedingt, sozusagen. Keine Verhöre, kein Prozess, kein Urteil. Stattdessen Indizienschlüsse, Mutmaßungen und unschöne Lücken in der Rekonstruktion. Gefällt mir einfach nicht, so was. Ich wüsste gerne genau, was sich zwischen den Mantheys abgespielt hat. Aber da ist nichts zu machen. Er ist verblutet, und sie hat keine Ahnung, wie es passiert ist. Erinnert sich nur vage, dass jemand Fremdes im Haus war und sie sich so aufgeregt hat, dass man ihr etwas zur Beruhigung gegeben hat. Danach ist Schluss. Blackout. Laut Gerichtsmedizin womöglich ausgelöst durch die Kombination eines Sedativums mit Atropin.«

»Atropin? Das, was in Augentropfen ist?«

»Ungefähr, ja. Genau heißt das Zeug …« Schöbel blätterte in dem Ordner auf seinen Knien. »Hyoscyamin. Kann von Pupillenerweiterung und trockenen Schleimhäuten bis zum tödlichen Kollaps alles Mögliche verursachen und kommt in einer ganzen Reihe von Pflanzen vor. Tollkirsche, Alraunen, Stechapfel. Und eben in dem Kraut, das Manthey so liebevoll auf seiner Terrasse gepflegt hat.«

»Die Engelstrompeten?«

Schöbel nickte. »Die hat er ihr offenbar im Tee verabreicht. Wir haben Spuren der Trockensubstanz im Belag einer Kanne gefunden. Und Ironie des Schicksals – oder höhere Gerechtigkeit, wenn Sie so wollen – ist wohl, dass er die Katastrophe selbst ausgelöst hat. Erst gibt er ihr seit Monaten immer mal wieder dieses Pflanzenzeug, dann das Beruhigungsmittel, als sie beim Besuch des Bankberaters in Rage gerät. Und erreicht genau das Gegenteil damit. Den Rest können wir nur raten. Wir wissen, dass sie aus dem Schuppen die Sichel hatte, mit der sie die Rosen geköpft und die Engelstrompeten zersäbelt hat. Aber ob Gesine Manthey nun auf ihren Mann losgegangen ist oder er sie aufhalten wollte, wissen wir nicht. Nur, dass sie ihm die Verletzung der Achselarterie zugefügt haben muss, an der er verblutet ist. Mal sehen, ob nicht das eine oder andere doch noch aus der Erinnerung aufgetaucht ist, mit dem wir ein bisschen mehr Licht ins Dunkel bringen.« Schöbel klappte den Ordner zu und stieg aus, als der Streifenwagen am Hügelweg anhielt.

Der Plattenweg war gefegt. Im Rahmen des Giebelfensters trocknete Kitt um die neuen Scheiben. Von den Scherben der alten war im Gras vor dem Haus nichts mehr zu sehen. Der geschlossene Schuppen ließ nicht erkennen, ob auch darin aufgeräumt worden war. Manfred Graber hatte zwei Tage gebraucht und ganze Arbeit geleistet.

»Picobello, das muss man sagen.« Schöbel sah sich anerkennend um. »Bei euch funktioniert Nachbarschaftshilfe wenigstens noch.«

»Sieht so aus«, stimmte Pieplow zu und fand, das Schild unter der Klingel hätte auch gleich entsorgt werden können. ›Armin und Gesine Manthey‹ stand immer noch dort, und damit wäre es auf jeden Fall vorbei gewesen. So oder so. Denn einer wie Matthias Behnsen ließ sich vielleicht in die Flucht jagen, aber nicht für dumm verkaufen. Erst recht nicht, wenn der Missbrauch von Vollmachten seine Bank um das Vermögen einer Kundin brachte.

»Nanu«, wunderte sich Schöbel, als schwungvoll die Tür geöffnet wurde. »Sieht aus, als hätten wir uns in der Adresse geirrt.«

»Keineswegs, Herr Hauptkommissar, keineswegs«, widersprach der Professor vergnügt. »Ich bin nur der ärztliche Beistand. Ehrenamtlich, aber wohl nichtsdestoweniger sinnvoll. So ganz ist unsere Patientin nämlich noch nicht wieder auf dem Posten. Verständlich, wenn man bedenkt, wie es um sie stand, finden Sie nicht?«

Doch, gewiss, das fand Schöbel auch. Vor fünf Tagen komatös in die Klinik und gestern schon wieder entlassen, da waren selbst robustere Naturen noch etwas wackelig auf den Beinen.

»Aber vernehmungsfähig ist sie, oder?«, erkundigte er sich besorgt, bevor er ganz in den Flur trat.

»Ich denke schon. Zumal, wenn wir ein wenig Fingerspitzengefühl walten lassen.« Dahlke ging in den Wohnraum voraus, in dem Pieplow die Handschrift Manfred Grabers erkannte. Keine Spur der Verwüstungen mehr, alles an Ort und Stelle und im Holz der Terrasse nur noch ein dunkler Schemen dort, wo Manthey gelegen hatte.

Mit ihrem ungeschminkten Gesicht und dem spröden roten Haar, das sie jetzt streichholzkurz trug, wirkte Gesine Manthey zerbrechlich. Wie ein müdes trauriges Mädchen, das in einem zu großen Sessel auf das wartete, was man ihm zu sagen hatte.

Der Professor trat hinter sie und legte ihr väterlich eine Hand auf die Schulter.

»Darf ich vorstellen, mein Kind: Hauptkommissar Schöbel, den Leiter der Ermittlungen, kennen Sie ja schon. Und das ist Polizeiobermeister Pieplow, der sich um den glimpflichen Ausgang der Geschichte verdient gemacht hat.«

»Das war Zufall«, wehrte Pieplow ab.

»Davon, mein Lieber, kann ja gar keine Rede sein. Oder würden Sie sagen, dass der Spürhund am Ende seine Beute findet, sei Zufall, nur weil er am Anfang keine Ahnung hat, wo sie sich befindet?«

»Na ja«, sagte Pieplow. Als Spürhund hatte er sich noch nicht gesehen.

»Ich danke Ihnen.« Gesine Manthey bewegte sich nicht. Stand nicht auf, reichte niemandem die Hand. Sah nur aus ihren dunkel umschatteten Augen zu Pieplow auf und fügte hinzu: »Vor allem dafür, dass dem Jungen nichts passiert ist.« Sie legte eine Hand an den Hals, an dem von der Unmenge Schmuck nur eine einzige Kette geblieben war. Goldbraune Perlen im Wechsel mit harzgelben Tropfen.

Wandas kosmische Gabe.

Schöbel räusperte sich. Er wollte zum Eigentlichen kommen.

»Wir konnten ziemlich genau, aber leider nicht lückenlos ermitteln, was in den letzten Tagen passiert ist. Daran, dass Ihr Mann Wanda Sieveking getötet hat, besteht praktisch kein Zweifel mehr!«, sagte er, schlug sein Notizbuch auf und fasste zusammen: »In der Nacht vom fünften auf den sechsten August geht er auf den Swanti, um Wanda Sieveking umzubringen. Er zieht die dunkle Wetterjacke über, die Manfred Graber im Schuppen vergessen hat. Es ist Vollmond und der Weg dorthin auch ohne verräterische Lampe kein Problem. Entweder er erwartet sie dort oben bereits, oder, was wir eher vermuten, er folgt ihr dorthin, um sie die Klippe hinabzustoßen und ihren Tod wie einen Unfall aussehen zu lassen. Aber sie wehrt sich. Klammert sich an der Jacke fest, in der Harri Graber ihn gegen eins am *Klausner* vorbeikommen sieht. Wenig später bemerkt eine Zeugin Licht in Wandas Haus, das Licht, das er braucht um zu beseitigen, was es an Hinweisen auf Sie, Frau Manthey, gibt. Darauf, dass Wanda Sie behandelt hat.« Schöbel machte eine Pause, trank von dem Wasser, das auf dem Tisch stand, und zog Wandas Kalender aus der Mappe. »Bis hierher sehen wir klar«, fuhr er fort. »Wir haben die Spuren von Wandas Händen auf der Jacke gesichert sowie Schweiß und Hautpartikel aus dem Inneren der Jacke. Die beweisen, wer sie getragen hat. In den feinen Rissen im Außenleder der Handschuhe haben wir sogar Spuren von Bernsteinstaub gefunden, der von Wandas Schreibtisch stammt. Wir wissen auch, dass Sie am Nachmittag des fünften August mit Ihrem Mann telefoniert haben. Wir wissen nur nicht, worum es dabei ging.«

»Aber ist das nicht offensichtlich?«, fragte der Professor, bevor Gesine Manthey etwas sagen konnte. »Lesen Sie noch mal vor, was da steht.«

»Gesine – Rizinus, viel Wasser! Und sie wird wieder allein sein! – Uriel.«

»Na, sehen Sie. Da wird der zugegeben etwas fragwürdige Plan einer Entgiftung skizziert. Jede denkbare Giftquelle beseitigen, abführen, viel trinken und den geeigneten Engel um Beistand bitten. Bedenklich, wie gesagt, und unorthodox, aber möglich. Durchaus.«

»Und die Giftquelle wird beseitigt, wenn man mit dem Ehemann telefoniert, meinen Sie?«

»Ganz genau. Anders kann es gar nicht gewesen sein. Wanda Sieveking hat, fragen Sie mich nicht woher, gewusst, dass er seine Frau vergiftete.«

»Ich sollte ihn anrufen, als Wanda bei mir war«, sagte Gesine Manthey leise. »Er war geschäftlich in Stralsund, und ich sollte ihm sagen, dass er nie mehr hierherkommen soll.«

»Und dann?«, hakte Schöbel nach, als sie nicht weitersprach.

»Ich hab's versucht. Es ging nicht. Ich habe kein Wort herausbringen können. Deshalb hat Wanda mit ihm geredet.«

»Erinnern Sie sich noch, worüber gesprochen wurde?«

Sie hob ratlos ihre Schultern an. »Ich weiß nur, dass Wanda noch eine Weile geblieben ist. Sie hat mich beruhigt und versprochen, es werde alles gut.«

»Das passt nicht zu Wanda«, warf Pieplow ein und dachte dabei an Zorro, den Seemann. »Ich meine, dass sie Frau Manthey nicht ins Krankenhaus geschickt hat. Das tat sie sonst nämlich, wenn es nötig war.«

»Löblich, äußerst löblich für jemanden, der sich in den Grenzbereichen der Heilkunst tummelt«, sagte der Professor. »Aber mit Intoxikationen ist das so eine Sache. Der eine fällt ins Koma, wenn er sich regelmäßig Atropin ins Auge träufelt, der andere deliriert bereits nach dem Genuss von Honig aus Azaleenblüten, während ein Dritter sogar die Kombination mit Morphium verkraftet. Alles schon vorgekommen, alles wissenschaftlich dokumentiert. Und wenn jemand, wie sie mir gestanden hat, eine so panische – obgleich völlig ungerechtfertigte, wie ich betonen möchte – Angst vor Kliniken hat wie unsere liebe Frau Manthey, ist diese Entscheidung einigermaßen nachvollziehbar. Zumal Frau Sieveking offenbar über ein äußerst feines Gespür für den Zustand ihrer Patienten und den weiteren Krankheitsverlauf verfügte. Außerdem deutet ja einiges darauf hin, dass eine tödliche Dosis gar nicht angestrebt war.«

Schöbel hob interessiert den Kopf. »Wie kommen Sie darauf?«

»Wir haben darüber gesprochen, der Professor und ich, als er bei mir im Krankenhaus war. Dass mein ... dass er ... also ... Oh, Gott.« Sie fing so heftig an zu weinen, dass die Männer erschraken.

»Vielleicht sollten wir ...« Schöbel begann zusammenzuräumen, was vor ihm auf dem Tisch lag. Pieplow griff nach seiner Uniformmütze. Der Professor holte Wasser.

»Ein wenig instabil, ich sagte es ja.« Er reichte Gesine Manthey ein frisches Glas und Taschentücher.

»Es ist gleich vorbei«, schluchzte sie und wollte, dass sie blieben und sich die Geschichte anhörten, die sie selbst noch kaum glauben konnte. Vom Wechsel ihrer Stimmungen in der letzten Zeit und den Anfällen siedender Übelkeit. Davon, dass Herzrasen ihr manchmal den Atem nahm und sie umkam vor Durst.

Von der Angst, verrückt zu werden, weil kein Arzt die Ursache fand.

»Darum ging es ihm«, sagte der Professor. »Krank und, sagen wir, psychisch labil, war sie ihm nützlich. Damit verschaffte er sich den Spielraum für seine dubiosen Transaktionen.«

»Und nach deren Abschluss sogar eine plausible Vorgeschichte für einen erklärbaren Tod«, vermutete Schöbel.

»Vielleicht ist es ja ganz gut, dass ich vieles vergessen habe.« Gesine Manthey sah hinaus auf die Terrasse. »Was wird jetzt aus mir?«, fragte sie, ohne den Blick zu wenden, und lauschte aufmerksam in die Stille, die sich im Raum ausbreitete.

»Natürlich wird gegen sie ermittelt«, sagte Schöbel, als sie wieder im Streifenwagen saßen. Er hielt schützend eine Hand um das Feuerzeug, bis seine Zigarette brannte. »Und es kommt sicher auch zum Verfahren. Aber wenn sie bei Begehung der Tat nicht schuldunfähig war, wer denn dann?«

Ja, wer dann, dachte Pieplow und zog es vor zu schweigen. Ließ die Autoscheiben herunter und sah hinaus auf die frisch gemähten Boddenwiesen, deren Heuduft herüberwehte. Zwischen träge grasendem Rindvieh staksten Graureiher herum, und im wolkenlosen Blau darüber zerflossen Kondensstreifen zu flockigen Buttermilchwolken. Der Wagen rollte so gemächlich über die Straße am Seedeich, dass Zeit genug war für Schöbels Zigarette und Pieplows Gefühl, dass sie in ihre Ruhe zurückfanden, die Insel und er.

17

Die Sache mit dem Engel wird Harri für sich behalten. Außer ihm hat ihn niemand gesehen. Seine Mutter nicht und auch sonst keiner in dem langen, traurigen Zug.

Nur für Harri ist die hohe hellblaue Gestalt erschienen, wartet vor der Kapelle und schwebt den Männern voran, die den weißen Sarg tragen, auf dem Wandas Rosen zum letzten Mal in der Sonne granatrot leuchten. Harri hebt den Kopf. Jetzt kann er wieder atmen und lächelt sogar, als er meint, Wandas Stimme zu hören. Eine warme, tröstende Stimme, die verspricht, bei ihm zu sein. Jetzt und immer.

Aber dann laufen die Seile durch die rauen Hände der Männer. Aus den sandigen Wänden der Grube fällt Erde zwischen die Rosen und Harri beginnt zu weinen.

Danksagung

Kein Buch kommt ohne die großen und kleinen Hilfen von Menschen zustande, die den Autoren das Leben und Arbeiten erleichtern, ihre Wissenslücken füllen und in mutlosen Stunden ihre Zuversicht stärken. Die das Entstehen des Buches wohlmeinend-kritisch begleiten und ihm den letzten Schliff geben.

Wir danken allen, von denen wir diese Hilfe bekommen haben:

Unseren Kindern und Schwiegerkindern für ihren Zuspruch und die fortwährende Ermunterung,

Alexander Skopp für das medizinische Sachwissen über Würmer, Gifte und Aneurysmen (»Wovon kann einer älteren Dame schwindlig werden?«),

Brigitte Jacobsen und Heike Roß für ihre Recherche-Assistenz (»Wie viele Bogenlampen stehen am alten Schubboot-Anleger?«), unseren Lektorinnen Almuth Andreae und Vera Thielenhaus für die vielen Anregungen, von denen wir und unser Buch profitiert haben (»Führt jetzt doch ein Weg zum Swanti hinauf?«),

unserem Agenten Georg Simader und Vanessa Gutenkunst, die uns stets mit Rat und Tat zur Seite standen.